KB241423

태극검해

2부

太極劍解

태극검해(太極劍解) 2부 8
한성수 新무협 판타지 소설

초판 1쇄 찍은 날 § 2007년 12월 11일
초판 1쇄 펴낸 날 § 2007년 12월 21일

지은이 § 한성수
펴낸이 § 서경석

편집장 § 문혜영
편집 § 서지현 · 유혜림

펴낸곳 § 도서출판 청어람
등록번호 § 제1081-1-89호
등록일자 § 1999. 5. 31
어람번호 § 제2-1364호

주소 § 경기도 부천시 원미구 심곡1동 350-1 남성B/D 3F (우) 420-011
전화 § 032-656-4452 팩스 § 032-656-4453
http://www.chungeoram.com
E-mail § eoram99@chollian.net

ⓒ 한성수, 2007

ISBN 978-89-251-1072-1 04810
ISBN 978-89-251-0572-7 (세트)

※ 파본은 구입하신 서점에서 교환하여 드립니다.
※ 저자와 협의하여 인지를 붙이지 않습니다.
※ 이 책은 도서출판 청어람과 저작자의 계약에 의해 출판된 것이므로,
   무단 전재 및 유포 · 공유를 금합니다.

[완결]

FANTASTIC ORIENTAL HEROES

태극검해

太極劍解

부 8

한성수 新무협 판타지 소설

도서출판 청어람

【目次】

제71장 북경야(北京夜) 7

제72장 북극성(北極星)이 땅으로 떨어지다 39

제73장 세상에 존재해선 안 되는 검 69

제74장 황천(皇天)의 쟁투(爭鬪)는 끝이 났다 99

제75장 건곤일척(乾坤一擲)의 전야(前夜) 131

제76장 눈물이 주룩주룩 165

제77장 대기(大器)는 소림에 귀의하고 195

제78장 귀자래요(鬼子來了) 229

제79장 무릇 남아라면 일기토가 아닌가! 259

제80장 이독제독(以毒制毒)과 낭랑한 웃음소리 289

끝마치는 말……. 316

◆ 第七十一章 ◆
북경야 (北京夜)

사자왕기.

오이랏은 근래 들어 성산인 사자봉을 중심으로 무수히 많은 군사 행동이 있었다.

철혈의 군주인 대칸 야선의 명에 따른 움직임이었다.

한마디의 불평이나 군소리가 있을 수 없다.

오이랏의 정병들은 정신없이 사자봉의 주변을 뛰고 기었다. 군주의 명을 충실히 따랐다. 이유 따윈 아예 생각도 하지 않았다. 최상층부에 속한 장군이 아닌 말단의 병사들로선 그리하는 것이 최선이었다.

밤.

수일간 계속된 군사 훈련에 지쳐서 인지 군율이 엄하기로 소문난 오이랏임에도 막사 주변은 고요만이 감돌고 있었다. 요소요소를 지키며 번을 서고 있는 병사들을 제외하곤 움직이는 자는 어느 누구도 없다. 보이지 않는다.

아니다.

그렇지 않았다.

달빛이 살짝 구름에 갇혀서 어둠이 사방을 뒤덮자 한 명의 야행인이 막사로부터 빠져나왔다. 번을 서고 있던 병사들의 이목조차 감쪽같이 속일 정도로 빠르고 은밀하다. 그 정도로 고도의 움직임을 야행인은 보이고 있었다.

한참 뒤.

야행인은 야영지로부터 한참이나 떨어진 장소에 이르렀다. 이곳이라면 어떤 오이랏 병사의 눈에도 띄진 않으리라.

푸득!

야행인은 재빨리 주변을 살핀 후 품 안에서 전서구 한 마리를 끄집어냈다. 보통의 전서구와는 달리 수만 리 대륙을 가로질러서 소식을 전달할 수 있을 정도로 영악한 놈이다.

'빨리 날아가거라! 빨리 날아가서 오이랏과 북리 노야 간의 협상이 결렬됐음을 대주님께 알리거라! 어서!'

야행인은 내심 중얼거린 후 재빨리 전서구를 하늘로 날려 보냈다. 만리장성을 넘고 대륙을 가로지르는 장도에 오르게 만든 것이다.

*　　　　　*　　　　　*

단숨에 북경의 세 겹이나 되는 성벽을 뛰어넘은 진자운은 자금성 안으로 이르는 마지막 관문인 해자를 앞에 두고 잠시 멈춰 섰다.

그의 눈앞.

대낮처럼 훤하다.

비록 자금성이 평소에 경계경비를 위해 북경의 다른 곳보다 불빛이 많기는 하지만 이건 정도가 심하다. 굳이 귀를 기울이지 않더라도 거대한 자금성의 이곳저곳을 정신없이 뛰어다니고 있는 수많은 발걸음 소리가 들려온다.

'흐음, 벌써 염정성이 자미성을 범했군…….'

진자운은 북경 부근에 도착했을 때 확인했던 천기를 떠올리곤 천천히 고개를 끄덕여 보았다.

어쩌다 보니 반선지경에 올랐다.

평소에 천기 따윌 읽어본 적이 있을 리 없다. 그런 취미도 없다. 맹세코 이번이 처음이었다.

애초에 확신 같은 게 있었을 리 없다. 그냥 감을 따라서 무작정 자금성으로 달려왔을 뿐이다.

당연히 고개를 끄덕이는 진자운의 입가에는 회심의 미소

가 머금어져 있었다. 자신의 천기를 읽는 능력이 입증되었음에 만족한 것이다.

그런데 갑자기 진자운은 입가에서 미소가 사라졌다.

"그런데 자미성은 황제 형님이라 치고… 염정성은 또 누구지……?"

알 도리가 없다.

아예 처음부터 관심조차 없었다.

고개를 한차례 갸웃거린 진자운이 곧 어깨를 으쓱해 보였다. 언제나와 마찬가지처럼 궁금한 건 확인해 보면 된다는 판단이었다.

슥!

배를 타고서야 건널 수 있을 정도로 넓은 해자를 진자운은 단숨에 뛰어넘었다. 아무런 망설임 없이 대낮같이 훤한 불빛 아래 철통같은 경계가 펼쳐져 있는 자금성 안으로 뛰어들었다. 처음에 마음먹었던 것같이.

진자운은 자금성에 들어서자마자 자신의 자신감이 조금 과했음을 인정해야만 했다.

특별히 뭘 느껴서는 아니다.

달라진 것도 없었다.

단지 평상시 아무렇지도 않게 사용하던 현혹이라거나 신통력에 가까운 이목에 날파리처럼 걸려드는 움직임이 신경

쓰였다.

자금성 안 이곳저곳을 몰려다니고 있는 자들.

꽤나 수준이 높다.

이곳이 자금성임을 감안한다 하더라도 예사롭게 보아 넘길 수준이 아니다. 현혹이 통하지 않는 자들까지 종종 섞여서 정신없이 뛰어다니고 있는 것이다.

상황이 이렇다 보니, 아무리 주변에 대한 관심이 적은 진자운이라 해도 조금쯤 진지해지지 않을 수 없다. 처음에 생각했던 것보다 오늘 밤 벌어진 일의 규모는 더욱 컸다.

까닥!

고개를 옆으로 기울인 채 진심으로 고심 어린 표정을 지어 보인 진자운이 손가락을 한차례 튕겨 보였다. 잠시의 생각 끝에 상황이 모두 정리됐다.

"흐음, 이 정도나 되는 경계가 펼쳐져 있는 황궁 안에서 무력만으로 일을 저지를 수 있는 자는 없을 테니, 역시 거기겠구만. 거기로 가면 되겠어."

거기!

진자운은 더 이상 생각할 것도 없이 자신이 지목한 장소를 향해 신형을 날렸다. 아무래도 시간을 끌어선 안 될 만큼 화급한 상황이란 판단이었다.

"응?"

“엥?”

사례감과 동창을 모조리 장악한 사례태감 유원익의 명에 의해 황궁의 요소요소를 지키고 있던 무사들 중 몇이 움찔한 표정을 지었다.

주변의 다른 무사들과는 다른 반응.

대개 동창과 금의위 소속의 수준 높은 무위를 지닌 자들이다.

덕분이랄까?

그들은 현혹을 일으킨 채 고속으로 이동 중인 진자운의 기척을 조금이나마 파악할 수 있었다. 그래서 자신도 모르게 움찔한 기색을 보였다.

하지만 거기까지였다.

어느새 진자운은 한줄기 바람이 되어 그들이 지키고 있던 장소를 떠나갔고, 순식간에 저만치 멀어져 갔다. 비록 수준 높은 무위를 지닌 자들이라 해도 더 이상의 기척을 파악해 낼 순 없었다.

‘방금…….’

‘…뭐였지?’

주변에서 경계태세에 들어가 있는 동료들의 평소와 다름없는 모습을 살핀 무사들이 머쓱한 표정이 되었다. 괜스레 예민해져서 신경을 곤두세웠다는 생각이었다.

그사이 진자운은 행운유수(行雲流水)처럼 천도문 앞까지
이르렀다.

애초에 그가 지목한 '거기'였다.

아니다. 아니었다.

진자운이 천도문이라 생각했던 곳은 지금 전혀 다르게 바
뀌어 있었다. 애초에 길을 잘못 든 게 아닐까 잠시 동안 고심
해야 할 정도로 완전히 변해 버렸다.

'허!'

그답지 않게 입을 가볍게 벌린 진자운의 주변으로 삼엄한
살기가 휘몰아쳤다. 마치 서슬 퍼렇게 날이 선 칼날들이 수천
개나 날아오는 것 같다.

딱 그 정도였다.

그러나 상대가 나빴다.

펄럭!

한차례 소매를 휘젓는 것으로 진자운은 자신을 노리며 파
고든 살기의 화살들을 모조리 흩뜨려 버렸다. 시선은 여전히
감쪽같이 모습을 감춰 버린 천도문 쪽을 향하고 있다. 아예
아무런 일도 없었던 것 같다.

그러자 또 다른 변화가 있었다.

스슥!

스스스슥!

진자운을 에워싸듯 십수 명이나 되는 무사들이 모습을 드

러냈다.

황색 일색의 무복.

하나같이 일류 수준을 뛰어넘은 빼어난 무위.

황제의 마지막 힘이라고까지 불리는 황천무군 소속의 무사들임이 분명하다.

힐끔.

비로소 시선을 천도문이 존재했던 방면에서 떼어낸 진자운이 무사들의 너머 쪽을 바라봤다.

어둠의 저편.

자신을 포위한 자들과는 아예 수준 자체가 다른 초절정 무위의 무인이 존재하고 있었다. 만약 대화를 나눈다면 그와 해야 할 터였다.

"어떻게 된 거요?"

"……."

진자운의 질문에 대한 답은 곧바로 돌아오지 않았다.

대신이라고 해야 할까?

족히 수백은 될 것 같은 황천무군 무사들의 호위 속에 한 명의 중년 무인이 모습을 드러냈다.

황천무군의 군장인 조충환이었다.

그는 한달음에 진자운의 앞까지 다가오더니, 만감이 교차하는 표정을 지어 보였다.

"진 왕야, 어째서 소장과의 약속을 지키지 않으신 겁니까?"

“약속?”

진자운이 소지로 귀를 후비며 고개를 옆으로 갸웃거려 보였다. 무슨 소리를 하는지 도통 모르겠다는 표정이다.

불끈.

조충환이 이마 위로 핏대 하나가 솟아올랐다. 초조한 마음이 극에 이른 상황이었다. 만약 눈앞에 있는 상대가 진자운이 아니었다면 당장 폭발했을 터였다.

‘그렇지만 눈앞의 상대는 당세제일인이다. 그라면 혹시 황상 폐하를 구해올 수 있을지도 모른다.’

내심 조충환이 억지로 치솟는 분노를 억누르고 있을 때, 주변을 휘휘 둘러본 진자운이 히죽 입가에 미소를 만들어냈다.

“그래서 천도문이 갑자기 이렇게 변한 건 황제 형님께서 들어가신 직후인 거요?”

“그, 그걸 어떻게?”

“역시 그렇구만.”

고개를 한차례 끄덕인 진자운이 귀를 후비던 동작을 끝냈다. 손가락 끝에 덩어리진 귓밥 하나가 딸려 나왔다.

훅!

하고 귓밥을 날려 버린 진자운이 말했다.

“황천무군은 항상 황제 형님과 함께하지 않소이까? 당연히 지금과 같은 상황을 보자면 그 같은 생각을 할 수밖에 없는 것이지요."

"……."

조충환도 듣고 보니 그렇다. 마음이 초조해진 터라 그같이 평범한 생각조차 하지 못했다.

털썩!

느닷없이 바닥에 엎드린 조충환이 진자운을 간절한 표정으로 바라봤다.

"진 왕야, 황상 폐하를 구해주십시오! 이 나라는 아직 황상 폐하를 필요로 하고 있습니다! 부디……."

"그런가? 하지만 저기 전혀 그렇지 않게 생각하고 있는 자들도 있는 것 같은걸?"

"예?"

어리둥절한 표정이 된 조충환에게 진자운이 슬쩍 고갯짓을 해 보였다.

사실 별 필요가 없는 일이었다.

천도문―이 존재했던―주변을 철통같이 지키고 있던 황천무군이 이미 적절한 반응을 보이고 있었다. 누가 왔는지를 알게끔 만들어준 것이다.

"태자 전하를 뵙습니다!"

"태자 전하를 뵙습니다!"

'태자 전하께서 이곳에 오시다니! 도대체 유 태감은 뭘 했단 말인가!'

조충환은 내심 화를 내면서 재빨리 신형을 돌려세웠다. 그와 사례태감 유원익 간에 나눈 교감에는 황태자에 대한 경계역시 포함되어 있었다. 이와 같은 일은 결코 일어나선 안 되는 게 합당했다.

그러나 조충환은 곧 어째서 이와 같은 상황이 벌어졌는지 알 수 있었다.

우르르르르!

황태자는 혼자 오지 않았다.

그의 뒤를 따라 동창과 금의위에 속한 무사들이 떼를 지어서 모습을 드러냈다.

족히 수천 명을 넘는 숫자.

황태자를 발견하고 군례를 올렸던 황천무군의 안색들이 대변했다. 천도문을 에워싸고 있던 그들이 오히려 포위를 당했음을 깨달았기 때문이다.

'유 태감, 감히!'

내심 이를 간 조충환이 나는 듯한 걸음으로 황태자 앞으로 달려가 냉엄한 표정을 지어 보였다. 엄숙한 목소리 역시 뒤를 따른다.

"태자 전하, 이 야심한 밤에 어찌 이런 곳까지 이르신 것인지 소장이 질문을 올려도 되겠습니까?"

"……."

황태자는 대답하지 않았다.

대신 그의 뒤를 쫄래쫄래 따르고 있던 소환관이 앞으로 불쑥 나섰다. 황태자의 수발을 담당하고 있는 관진명이었다.

"네 이놈! 감히 일개 군장 주제에 어찌 태자 전하의 존안을 뵙고서도 군례를 올리지 않는 것이더냐! 먼저 군례를 올린 연후에 명을 따르는 것이 마땅할 것이다!"

"……."

조충환의 두 눈이 화염을 머금은 채 관진명을 쏘아봤다.

여느 평범한 환관이라면 두려움으로 오줌을 지릴 만도 한 강렬한 눈빛이다.

관진명은 달랐다.

한차례 어깨를 으쓱해 보였을 뿐 그는 조충환과 맞서서 한 치도 물러섬이 없었다.

'예사 태감이 아니군. 동창 소속이 분명해.'

잠시 관진명을 살핀 조충환이 내심 중얼거리곤 황태자에게 다시 질문을 던졌다.

"태자 전하, 소장 묻겠습니다. 정녕 유 태감과 뜻을 함께하시는 것입니까?"

"이놈이, 정녕 죽고 싶은 게로구나! 감히……."

"됐다! 진명아, 뒤로 물러서거라."

"예, 명을 받자옵니다!"

관진명이 얼른 허리를 숙여 보인 후 재빨리 본래의 자리로 돌아갔다. 여전히 조충환에게서 시선을 떼지 않은 채였다. 혹시 벌어질지 모를 만약의 사태에 대비하기 위함이었다.

황태자가 조충환에게 말했다.

"내 먼저 조 군장에게 묻겠소. 부황께서 천도문에 들어가신 지 얼마나 되었소이까?"

"이각을 조금 넘으셨습니다."

"이각이라……."

혼잣말과 함께 고개를 한차례 끄덕여 보인 황태자가 입가에 가벼운 냉소를 매달았다.

"그렇게 긴 시간 동안 부황의 생사를 모르고 있다는 뜻이겠구려. 그런데 어찌 그 긴 시간 동안 내게 달려오지 않은 것이오? 아니, 아니지. 달려가 곧바로 고한 사람이 한 명 더 있긴 했군 그래."

"태자 전하, 그건……."

"닥쳐라!"

한 소리 대갈을 터뜨려 조충환의 입을 다물게 만든 황태자가 두 눈 가득 싸늘한 분노를 담았다.

"나는 이 나라의 태자다! 부황의 생사를 지키지 못한 것만 해도 죽을죄이거늘, 어찌 감히 날 이리 능멸할 수 있었다는 것이냐! 그러고도 황천무군이 황천의 숨은 그림자라 할 수 있단 말이냐!"

“······.”

조충환은 입을 굳게 다물었다.

눈앞에 있는 사람.

제국의 황태자이자, 현 황제의 유고 시 첫 번째 황위 계승권을 가진 사람이었다. 그에게 가장 먼저 달려가 황제에게 벌어진 상황을 설명하지 않은 것은 분명 잘못이었다. 자칫 구족지멸(九族之滅)의 대죄가 될 수도 있었다.

하지만 그렇다고 해서 지금 황태자에게 허리를 숙일 수도 없었다. 아직 황제의 생사조차 몰랐다. 어떻게든 현 상황을 유지할 필요가 있었다.

조충환의 그 같은 내심을 황태자가 금세 파악했다. 유원익의 명에 의해 그의 호위를 맡은 동창과 금의위의 고수들 역시 마찬가지다.

“감히!”

“무엄하다!”

동창과 금의위의 고수들이 일제히 조충환에게 살기를 뿜어냈다. 그가 혹시라도 황태자를 위해하려 하면 당장에 합공을 펼쳐서 주살할 작정이었다.

일촉즉발!

느닷없이 전시를 방불케 하는 전의(戰意)와 살기가 섬뜩한 칼날처럼 맞부딪쳤다. 적어도 조충환이나 동창, 금의위에 속한 고수들에겐 그러했다.

한데, 그때다.

치열한 대치를 보이기 시작한 양 세력의 사이로 한참 멀리 떨어진 곳에 머물러 있던 진자운이 끼어들었다. 누가 제지할 새도 없이 일어난 일이었다.

슥!

한 가닥 바람처럼 조충환의 어깨를 스치고 황태자에게 다가선 진자운이 곧장 수장을 휘둘렀다.

철썩!

황태자의 머리가 옆으로 휙 하고 돌아갔다. 비명 역시 입 밖으로 튀어나온다.

"억!"

진자운은 그것만으로 끝내지 않았다.

다시 그의 수장이 움직였고, 황태자의 고개가 반대편으로 돌아갔다.

눈 깜짝할 새에 벌어진 일.

입을 딱 벌린 채 석상처럼 굳어버린 황태자의 뒤에 공손한 자세로 서 있던 관진명이 얼른 진자운에게 달려들었다. 숨기고 있던 비전의 절학을 한꺼번에 쏟아낸 것이다.

그러나 진자운에겐 그저 애가 장난치는 것이나 다름없다.

퍽!

발을 들어 관진명의 복부를 차서 뒤로 날려 버린 진자운이 황태자의 귓가에 소곤거리듯 말했다.

“너, 이 자리에서 죽고 싶냐?”

“그…….”

“굳이 대답할 건 없어. 그냥 죽고 싶으면 고개만 끄덕여. 그러면 당장 그 가는 목을 부러뜨려서 죽여줄 테니까.”

“…….”

황태자는 입을 굳게 다문 채 고개를 끄덕이지 않기 위해 최선을 다했다. 그게 지금 그가 할 수 있는 최선이었다. 다른 것 따윈 생각조차 나지 않았다.

히죽!

입가에 만족한 미소를 담은 진자운이 황태자의 어깨를 한 차례 두들겨 주곤 시선을 조충환에게 던졌다.

“내가 지금 당장 저 괴상한 곳으로 뛰어들어 가 황제 형님을 구해올 거야. 그러니 조 군장은 그때까지 이곳을 철통같이 지키고 있으라구. 이건 황제 형님의 동생으로서 내리는 명이니까 반드시 지켜야만 할 것이야.”

“존명!”

조충환이 재빨리 군례를 취해 보였다.

진자운이 그에게 고개를 한차례 끄덕여 보이곤 황태자에게 다시 귓속말로 중얼거렸다.

“나도 돌아오지 않으면 그대는 네가 황제가 돼서 뭐든지 마음대로 해도 된다. 하지만 그렇지 않다면, 주의해야만 할 거야. 그 황태자 자리조차 빼앗길 수도 있을 테니까 말야.”

“…….”

황태자는 대답도 하지 않고 고개 역시 끄덕이지 않았다. 죽는 것이 겁났기 때문이다.

진자운이 다시 미소를 던지곤 신형을 돌려세웠다.

황제를 집어삼킨 과거 천도문 터.

황량한 검은색 공간이 그를 기다리고 있었다.

*　　　*　　　*

천도문 내의 지하 밀실.

석실의 한 켠에 초췌한 모습으로 주저앉아 있는 중년인이 있다.

난릉왕.

전날 경혜 군주를 보기 위해 천도문으로 찾아왔다가 정신을 잃은 그는 줄곧 이곳에 갇혀 있었다.

도대체 며칠이나 지난 것일까?

난릉왕으로선 알 도리가 없다. 그저 악몽과 같은 현 상황 속에서 한시라도 빨리 탈출하고 싶을 뿐이었다.

‘도대체 내게 무슨 일이 벌어진 것인가? 부디 황형과 아혜에게 나쁜 일이 없어야만 할 것인데…….’

황제와 경혜 군주.

난릉왕에겐 가장 가까운 두 사람이었다. 생명조차 위협받을 수 있는 상황에 처했음에도 그는 두 사람을 가장 먼저 걱정했다.

그때다.

갑자기 수일 동안 꼼짝도 않던 석실의 문이 요란한 굉음과 함께 열렸다.

쿠르르르릉!

황가에 태어나 기본적인 병법과 무학을 연마한 바 있는 난릉왕이 얼른 자리를 박차고 일어섰다. 이곳을 탈출할 기회가 왔음을 직감한 것이다.

그러나 석실의 문이 열리고 모습을 드러낸 사람을 확인한 난릉왕은 전신의 근육에 잔뜩 불어넣었던 힘을 스르륵 거둬 버렸다.

정일 진인.

그로선 결코 상대할 수 없는 술법가이자 초절정고수였다. 어찌 계란으로 바위를 때리는 짓을 할 수 있겠는가.

정일 진인이 난릉왕의 얼굴에 깃든 낙담의 기색을 살피곤 정중하게 허리를 숙여 보였다.

"빈도, 왕야님께 참으로 큰 무례를 범했습니다. 부디 넓은 마음으로 혜량해 주시길 바랍니다."

"객쩍은 소리는 그만 하고, 어서 본왕에게 원하는 것이나 말하시오!"

"빈도가 어찌 왕야님께 원하는 것이 있겠습니까?"

"그럼 어째서 본왕을 이런 곳에 가둬둔 것이오? 본왕은 그동안 진인에게 결코 잘못한 것이 없소이다!"

"왕야님께서 빈도에게 잘해주신 것을 어찌 모르겠습니까. 다만 이번 일은 빈도로서도 어쩔 수 없었음을 알아주셨으면 합니다."

"으음……."

난릉왕의 입에서 침음이 흘러나왔다.

그는 결코 멍청한 사람이 아니다. 한때 현 황제와 어깨를 나란히 했을 정도의 문재(文才)가 있었다. 정일 진인의 정중하면서도 곤란한 표정과 말을 듣고서 내심 느끼는 바가 없을 리 만무했다.

"진인, 설마하니 이번 일을 명하신 분이 황형이시오?"

"감히 빈도가 대답할 수 없는 일임을 왕야께서는 이해해주십시오."

'설마설마 했거늘, 정녕 황형께서 날 의심하셨단 말인가!'

난릉왕의 얼굴로 짙은 절망의 기색이 빠르게 확산되어 갔다.

황족으로 태어난 죄!

그는 북경 근처에 왕부를 두고 있는 친왕임에도 불구하고 줄곧 오늘과 같은 날을 대비하고 있었다. 언제든 황제의 의심을 사게 되면 목숨을 내놔야만 함을 잘 알고 있었기 때문이다.

그때 난릉왕의 그 같은 표정의 변화를 묵묵히 살피고 있던 정일 진인이 입을 열었다.

"빈도는 오늘 황상 폐하의 명을 받자와 이곳에 왔습니다."

"성지는?"

"성지는 없습니다. 황상 폐하께서는 이번 일을 누구도 모르게 조용히 처리하길 원하셨습니다."

"그런……."

난릉왕이 눈살을 가볍게 찌푸렸다.

천하의 주인인 황제다.

어찌 당당하게 일을 처리하지 못한단 말인가!

정일 진인이 첨언했다.

"빈도는 그러나 황상 폐하의 명을 불충스럽게도 받자올 수 없었습니다. 빈도는 황상 폐하의 신하이기 이전에 도를 구하는 자이기 때문입니다."

"그 뜻은… 설마……."

"빈도는 왕야님을 해칠 마음이 없습니다. 그러니 부디 왕야님께서는 빈도와 함께 황상 폐하를 알현하기 위해 가주셔야겠습니다."

"이건 황명을 거역하는 것이외다. 진인께서 위험할 수도 있소이다."

"도를 구하기 위해 평생을 보낸 빈도입니다. 어찌 한낱 목숨 따위에 연연하겠습니까?"

"좋소이다! 본왕이 진인과 함께 황형을 만나러 가겠소이다! 어서 안내하시오!"

"예."

정일 진인이 난릉왕에게 허리를 숙여 보인 후 천천히 신형을 돌려세웠다.

'염정성이 자미성을 침노하기 시작한 지 한 식경이 넘었다. 지금쯤이면 황상 폐하도 더 이상 치솟는 욕정을 참을 수 없게 되었을 터. 이제 난릉왕이 천륜을 어기는 난교를 보고 격분해 황상 폐하를 시해하기만 하면 된다. 그리만 되면 환신 환허법술의 저주력을 극한까지 일으켜서 천도문을 포위한 황천무군 전체를 혼란 속에 빠뜨리고, 동창과 금의위를 장악한 유 태감과 함께 자금성을 접수할 것이다.'

자신의 머릿속에서 나온 천인공노할 계획의 처참함에 정일 진인이 내심 고개를 가로저었다.

지옥.

죽어서 자신이 가게 될 아비규환의 형상이 뇌리 속을 스쳐 지나가고 있었다.

*   *   *

"제기랄!"

바닥에 가부좌를 틀고서 앉은 채로 육노당은 욕설을 내뱉었다.

그는 병서생 백운생의 기지로 난릉왕부를 빠져나온 후 곧바로 북경 하오문주 금전왕을 찾아가 자금성의 내부 정보를 얻어냈다. 난릉왕과 경혜 군주가 필시 위기에 빠졌을 거라며 계속 옆에서 들쑤셔댄 백운생의 주장을 받아들인 것이다.

물론 그에게도 숨겨진 속셈쯤은 있었다.

자금성 내 황제와 황후의 침실 아래에 존재한다는 열두 겹의 청강석을 어떻게든 보고 싶은 욕심이었다.

또한 진자운이 당부했던 경혜 군주에 대해서도 알아봐야만 했다. 꼭 백운생의 주장을 곧이곧대로 믿는 건 아니지만, 어쨌든 확인해 봐서 나쁠 건 없다는 판단이었다.

하지만 육노당은 목표로 했던 천도문에 침입하자마자 꼼짝달싹할 수 없게 되었다. 전날 난릉왕부의 연운저에서 정일진인이 펼친 법진에 당했을 때와 똑같은 꼴을 또다시 경험하게 된 까닭이었다.

'어찌 이 육노당에게 이런 말도 안 되는 일이 연거푸 일어날 수 있단 말이냐! 그 지옥 같던 천마총에서도 살아 나왔는데, 무인답게 통쾌한 싸움 한 번 해보지 못하고 이런 빌어먹을 곳에 갇혀서 굶어 죽어야만 하다니, 이건 부당해! 부당하다구!'

육노당은 속으로 마구 소리를 질러댔다.

그렇게라도 해야만 했다.

그러지 않고선 속에서 치솟는 분노를 참을 길이 없었다.

그러나 그는 그 같은 내심을 밖으로 표출하지 않았다. 그냥 가부좌를 틀고 앉은 채 꼼짝도 하지 않았다.

그럴 수밖에 없었다.

가부좌를 틀고 앉아 있는 그의 주변.

사방이 깎아지른 듯한 천 길의 낭떠러지다. 조금이라도 움직임을 보인다면 곧바로 밑바닥으로 추락해서 온몸이 분신쇄골(粉身碎骨)할 터였다.

꼬르륵!

육노당의 배에서 갑자기 밥 달라는 아우성이 터져 나왔다. 밥 구경을 해본 지가 언제인지 모른다. 아무리 초절정의 수준에 오른 고수라 해도 신선이 아닌 이상 배고픔을 참긴 힘들었다. 그야말로 자연의 섭리였다.

"끄으!"

언제 인상을 잔뜩 쓰고 있었냐는 듯 육노당이 아랫배에 손을 대고 허리를 살짝 구부려 보였다.

배고프다!

미치도록 고프다!

하지만 그는 감히 현 위치에서 움직일 엄두조차 내지 못했다. 벌써 몇 번이나 이 천애절벽을 벗어나기 위해 전력을 다했으나 실패만 거듭했다.

결코 이곳으로부터 벗어날 수 없었다.

절벽 아래로 추락하는 극한의 공포심과 뒤이은 혼절만을 연속적으로 경험한 채 도로 현재의 위치로 돌아왔다. 어떻게 그와 같은 일이 계속되는지는 알 수 없었다. 아예 이해조차 되지 않았다.

당연히 육노당은 곧바로 자신의 특기를 발휘했다.

땅을 파서 이곳을 빠져나가려 했다.

지금의 그로선 최선의 방법이었다. 과거 그는 천마신교 총단에 펼쳐져 있던 석림 역시 그 같은 방법으로 침투해 들어간 일이 있었다.

그러나 그 역시 실패였다.

곤명 서산파의 장문지브인 폭뢰정과 뇌정추의 공능을 최대한 끌어올렸음에도 육노당은 한 치의 땅도 파 들어갈 수 없었다. 아예 이도 안 들어갔다.

청강석!

그것도 몇 겹이나 깔렸는지 짐작조차 못할 정도다.

이 강철보다 단단하다고 알려진 천하에서 가장 비싸고 귀한 석재는 폭뢰정과 뇌정추를 완전히 무력화시켰다. 전혀 통하지 않게 만들었다. 익히 전해 들은 소문대로였다.

결국 육노당은 탈출을 포기했다.

더 이상 할 수 있는 일이 없다는 판단이었다. 완전히 절망해 버린 것이다.

썩어버린 듯한 눈동자.

그의 현재 상태를 단적으로 보여주는 모습이다.

한데, 갑자기 이변이라도 감지한 것일까?

주린 배를 부여잡은 채 허리를 숙이고 있던 육노당의 흐리멍텅한 눈동자에 일순 이채가 감돌았다. 자신을 감싸고 있던 괴이한 공간의 한 켠에서 작은 균열이 일어났음을 직감적으로 눈치 챈 것이다.

'누군가 이곳으로 들어왔다! 게다가 곧바로 내 쪽을 향해 다가오고 있어! 누구지?

누구든 괜찮다.

전혀 문제될 게 없다.

이 지옥 같은 왜곡된 공간 속에서 벗어날 수만 있다면 뒷일 따윈 어찌 돼도 상관없었다. 그렇게 생각했다.

"제기랄, 살려주시오! 살려줘요! 날 반드시 살려줘야만 하오! 살려줘야만 해! 만약 날 살려주지 않는다면, 십팔대 조상까지 욕할 거요! 내 반드시 그럴 거요!"

육노당은 기이한 열기에 들떠 마구 소리를 질러댔다. 자신이 지금 무슨 소리를 하는지도 모른 채였다. 썩은 지푸라기라도 잡고 싶은 심정이 그를 그리 몰아넣었다.

*　　　　*　　　　*

"허!"

진자운은 천도문이었던 검은 공간 속으로 뛰어들자마자 다시 입을 가볍게 벌렸다.

느닷없이 모습을 드러낸 깎아지른 듯한 절벽.

움찔 놀라서 신형을 멈춰 세우자마자 수천 개나 되는 검날들이 하늘로부터 우박처럼 쏟아져 내렸다.

환상?

절대로 아니다.

현실보다 더욱 생생했다. 겉으로 드러난 살갗들이 모조리 일어섰고, 자연스레 단천퇴심강이 일어났다. 호신강기로 변해서 몸을 외부의 위험으로부터 지키려 했다.

그러나 진자운은 곧바로 벌렸던 입을 다물었다.

단천퇴심강을 근간으로 하는 호신강기 역시 거둬 버렸다. 그런 걸 끌어올릴 필요성을 못 느꼈기 때문이다.

대신 그는 눈매를 살짝 가늘게 만들어 보였다.

심안(心眼).

반선지경에 오르며 자연스럽게 얻은 공능 중 하나다. 느닷없이 실제나 다름없는 말도 안 되는 현상들이 벌어지자 얼른 끄집어냈다.

한동안 내동댕이치고 거들떠도 보지 않았던 능력인만큼 처음엔 조금 힘들다. 쉽사리 적용이 되지 않는다. 하지만 곧

익숙해졌다.

'흐음, 이렇게 된 건가? 이렇게 된 것이로구만!'

진자운은 심안으로 주변을 살핀 후 내심 고개를 끄덕여 보였다. 비로소 어떻게 천도문이 이런 꼬라지가 된 것인지를 짐작할 수 있게 된 것이다.

성큼성큼.

상황 파악이 끝났으니, 더 이상 시간을 지체할 까닭이 없다. 그는 여전히 하늘로부터 빽빽하게 떨어져 내리는 칼날 사이를 헤집으며 앞으로 걸어갔다.

심안을 이용하고 절세의 신법을 동시에 펼치니, 수천 개나 되는 칼날조차 그의 옷자락 하나 건들지 못한다.

일사천리다.

앞을 가리고 있던 천 길 낭떠러지 역시 마찬가지다. 마치 스스로 길을 내주듯 진자운의 행로를 쭉쭉 열어주었다. 아예 허공중에 징검다리라도 연달아 만들어주는 것 같다.

어떻게 이런 일이 일어난 것일까?

진자운이 심안으로 본 광경이 답을 내준다.

하늘을 가득 종잇조각.

땅바닥 역시 마구 굴러다니고 있다.

평범한 종잇조각일 리 없다. 한 장 한 장마다 주사빛 글씨가 쓰여져 있다.

주력이 담겨 있는 부적이다.

그렇다.

하늘을 가득 메운 채 떨어져 내리는 칼날과 앞길을 막은 천 길 낭떠러지의 조화는 바로 수없이 많은 부적들이 만들어낸 조화였다.

그래서 환상이 아니라 실재였다.

필시 고급의 주력이 담겨진 부적은 칼날보다 강한 상처를 입힐 테고, 더욱 심한 정신적인 타격 역시 부여할 것이다. 웬만한 고수라 해도 결코 허투루 상대할 수 없다. 그 정도의 위력을 담고 있는 조화였다.

진자운 역시 마찬가지다.

그는 오랜만에 심력을 잔뜩 모았다. 보보마다 신중을 기했다. 자칫 주력이 담겨진 부적에 상처를 입는다면, 가까스로 육체의 그릇에 붙잡아놓은 영체에 문제가 발생할 수 있었다. 반드시 그럴 것 같았다.

'쳇, 이건 마치 날 상대하기 위해서 만든 술법진 같구만. 아니, 진짜 그런 건가?

진자운은 조심조심 천도문 안쪽으로 걸어 들어가며 내심 혀를 찼다. 그답지 않게 살짝 긴장까지 하고 있었다. 괜스레 얼굴 쪽으로 열까지 치솟고 있다.

그때 그의 귓전으로 익숙한 목소리 하나가 파고들었다.

예의없고 무례하며 안하무인한 것이 딱 누군가를 떠올리게 만든다.

힐끔.

진자운은 바쁜 와중임에도 시선을 돌려서 목소리가 터져 나온 방향을 살폈다. 그러자 그의 시야 속으로 기괴한 모습이 파고들어 왔다.

하늘을 향해 수직으로 치솟아올라 있는 부적 더미.

그 위에 한 명의 중년 도사가 가부좌를 틀고 앉아 있었다.

익숙한 얼굴. 육노당이다.

'헤에, 이런 빌어먹을 곳에 뛰어들고서도 아직까지 잘도 살아 있었구만. 목청이 시원시원한 것이 특별히 몸에 문제가 있는 것 같지도 않고.'

진자운은 잠깐 동안 육노당을 살핀 후 곧 그에게서 관심을 거둬들였다.

북경 근방에 도착했을 때부터 그의 신경을 바짝 긴장하게 만들었던 사이한 기운이 점점 더 강해지고 있었다. 마음 역시 불안했다. 육노당보다는 그쪽에 더욱 신경이 쓰이는 건 어쩔 수 없는 일이었다.

"미안."

손을 들어 육노당 쪽으로 휘저어 보인 진자운이 곧바로 신형을 돌려세웠다. 그리고 곧바로 지축을 찍은 발끝.

스으.

그의 움직임이 순간 극단적으로 빨라졌다.

빨랫줄이랄까?

일순 앞으로 쭈욱 늘어난 그의 신형이 심안을 통해 파악한 천도문의 대문을 곧바로 뛰어넘었다.

자미성의 찬연한 빛이 염정성의 붉은 기운에 완전히 먹혀버리기 직전에 벌어진 일이었다.

◆ 第七十二章 ◆

북극성(北極星)이 땅으로 떨어지다

치익!

촤촤촤촤촤촤악!

극단적으로 신법의 속도를 늘린 진자운의 펄럭이던 옷자락이 갑자기 예리한 무언가에 베인 듯 찢겨 날아갔다. 순식간에 벌어진 일이었다.

천도문 전체를 가득 메우고 있는 부적 때문은 아니다.

진자운의 움직임은 이미 평범한 인간의 범주를 뛰어넘은 지 오래다. 동체시력 역시 마찬가지다.

심안으로 파악이 끝나자 주변을 제멋대로 날아다니는 부적 따윌 피하는 건 일도 아니었다. 전혀 문제가 되지 않았다.

그의 민활한 움직임은 단 하나의 부적조차 몸에 닿는 것을 허용치 않았다.

그야말로 신기에 가까운 신법이었다.

그렇다면 무엇이 문제일까?

아무리 진자운이라도 대뜸 파악하기란 용이치 않다. 쉽지 않은 일이다.

진자운은 신경 쓰지 않기로 했다.

비록 옷자락이 순식간에 걸레 조각같이 너덜거리게 변했지만 단지 그뿐이었다. 어느새 단천뢰심강이 일어난 그의 몸에는 생채기 하나 나지 않았다. 또한 앞으로도 그럴 일은 생기지 않을 게 분명했다.

한데, 그때다.

단숨에 천도문의 대문을 뛰어넘어 안뜰 쪽으로 파고들어 가던 진자운의 신형이 잠시 주춤거렸다. 한 가닥 유성처럼 빠르고 행운유수와 같던 여태까지의 움직임이고 보면 꽤나 의외의 결과다.

그때.

마치 기다렸다는 듯 그를 노리며 세 개나 되는 도깨비불이 파고들어 왔다.

화륵!

화르르르륵!

척 보기에도 심상치 않아 보이는 모양새.

진자운이 순식간에 지척까지 이른 도깨비불의 직격을 피하기 위해 재빨리 신형을 뒤집었다. 두 발로 바닥을 지지한 채 등판을 거의 바닥에 닿을 정도로 제쳤다.

철판교(鐵板橋)다.

그 정도는 해야만 마치 살아서 움직이는 것 같은 도깨비불을 피할 수 있었다.

경험을 통해 아는 사실이었다.

그러나 애석하게도 진자운에게 도깨비불을 쏟아낸 상대 역시 경험적으로 그에 대해 잘 알고 있었다. 순간적으로 철판교를 펼친 진자운의 배 위를 스쳐 지나갈 듯하던 도깨비불들이 한차례 넘실거리며 춤을 췄다.

그리곤 그대로 방향을 바꿔서 아래로 수직낙하!

"휘유!"

진자운이 등을 거의 바닥에 댄 상태에서 나직이 휘파람 소리를 내며 한쪽으로 신형을 비틀었다. 바닥에 고정되어 있던 양 발 중 하나가 떨어졌음은 물론이었다.

파곽! 곽!

수직낙하한 도깨비불이 바닥에 그대로 처박혔다.

분명 그렇게 보였다.

'이렇게 쉬울 리 없지!'

진자운은 내심 고개를 가로저었다.

전날의 경험상 그를 공격한 도깨비불은 정일 진인이 자랑하는 절기 중 하나인 귀혼병화였다. 주력이 담긴 부적에 술법을 담아 만들어낸 사람의 혼을 잡아먹는 불꽃이었다.

놈은 스스로 생명을 갖고서 미쳐 날뛰길 좋아했다. 생명력역시 끔찍할 정도로 강했다. 고작해야 바닥에 떨어져 내린 것정도로 생명이 다할 리 만무하다.

빙글.

한쪽 다리만으로 체중 전체를 지지하고 있던 진자운이 또다시 신형을 뒤집었다. 변화가 필요할 시점이었다. 그리고 거기에 더한 다섯 차례의 회전!

두 번 생각할 것도 없이 곧바로 펼친 동작이다.

그러자 기다렸다는 듯 바닥에 처박혔던 귀혼병화가 한데합쳐지더니, 집채만 한 불꽃으로 화했다.

족히 십 장의 크기!

장관이다.

'당하는 입장이 내가 아니라면 분명 그렇지. 그런데 이 망할 놈의 불꽃의 위력이 어째 지난번보다 더 지저분하고 강해진 느낌인걸?'

진자운은 순식간에 하늘 끝까지 치솟았다가 고개를 빳빳이 든 뱀처럼 변해 자신을 노리며 파고든 귀혼병화의 직격을피하며 고개를 갸웃거렸다.

전날과 다르다. 느닷없이 훨씬 위력이 막강해진 귀혼병화에 의구심이 일었다. 갑자기 이런 일이 벌어지는 일은 매우

드문 일이기 때문이다.

그때 이 모든 사태의 주모자인 정일 진인이 모습을 드러냈다. 본래는 부근 전체를 감싸고 있는 기묘한 기운에 가려서 모습이 보이지 않아야 정상이지만 진자운에겐 똑똑히 보였다. 심안 덕분이다.

슥!

진자운의 부근에 떨어져 내리자마자 정일 진인은 어느새 수중에 빼 들고 있던 초혼뇌령검을 귀혼병화 쪽으로 향했다. 파사의 기운이 깃든 모산파의 지보를 이용해 귀혼병화의 기운을 더욱 북돋은 것이다.

카아!

귀혼병화가 변해 만들어진 거대한 불뱀이 하늘을 향해 울부짖었다. 또다시 진자운을 노리며 뱀대가리가 덮쳐 올 태세다. 물론 진자운은 그런 일을 당하는 걸 그리 좋아하진 않는다.

"거기까지!"

자신만이 알아들을 법한 한마디를 던진 진자운이 곧바로 움직임을 보였다.

주변을 온통 불바다로 만들고 있는 불뱀의 뒤에 숨어 있던 정일 진인을 곧바로 덮쳐 갔다. 애초부터 그럴 작정이었던 것처럼 그리했다.

"엇!"

　연신 불뱀을 향해 초혼뇌령검을 휘저어 보이고 있던 정일 진인의 입에서 비명에 가까운 신음이 터져 나왔다.

　현재 천도문에는 염정성의 화신인 경혜 군주에게서 뽑아낸 음기를 극대화시킨 환신환허법술이 펼쳐져 있다. 이제 자미성인 황제가 그녀를 범하기만 하면 법술은 완성되고, 곧 법술의 범위가 천도문을 넘어 자금성 전체를 뒤덮을 터였다. 완벽한 결계의 완성이었다.

　그리만 되면 정일 진인은 자금성 내에선 신과 같은 위치를 점하게 된다. 환신환허법술로 만들어진 결계 내에선 자신이 원하는 어떤 것이든 할 수 있었다. 설혹 신이라 해도 죽일 수 있는 힘을 얻는 것이었다.

　당연히 그는 느닷없이 결계 안으로 뛰어든 진자운을 보고 쾌재를 올렸다.

　사부 북리단야의 앞을 가로막을 수 있는 유일한 자.

　당세제일인이라 불리는 진자운이 범의 아가리 속으로 뛰어들었다. 죽음을 찾아온 것이었다. 잠시 결계의 완성을 뒤로 미루고서라도 그를 죽이려 움직이지 않을 까닭이 없었다.

　한데, 이게 어떻게 된 일인가?

　비록 완벽하게 활성화되진 않았다 해도 위력이 하늘을 찌르는 결계 안에서 진자운은 아무렇지도 않게 움직이고 있었다. 전혀 영향을 받지 않는 것 같았다.

그래서 암습을 펼쳤는데, 그마저도 무위로 돌아갔다. 게다가 설상가상으로 오히려 반격까지 당하게 되다니!

정일 진인이 경악한 것도 무리는 아니었다. 방금 전 자신이 평생을 바쳐서 완성한 모든 것이 무너져 버린 것이다.

어쨌거나 지금 중요한 건 곧바로 자신을 향해 파고드는 진자운을 피하는 거였다. 이대로 자신의 결계 안에서 상대에게 쥐 잡히듯 붙잡혀 죽고 싶진 않았다.

스스슥!

정일 진인의 신형이 빠르게 분신을 일으켰다.

과거완 확연히 다른 눈부신 속도다.

이 역시 결계의 영향이다.

그러나 진자운은 결계 안으로 뛰어든 후 연거푸 괴이한 일을 당한 상황이었다. 바보가 아닌 만큼 이미 어느 정도 대비를 하고 있었다.

정일 진인이 막 진자운의 공격을 피해냈다고 자신할 때였다.

갑자기 그의 등 뒤에서 비잉 하는 기음과 함께 초승달 모양의 강기가 파고들었다.

월인천강!

진자운이 정일 진인을 덮쳐 가며 몰래 운용한 월인천강이 긴 궤적을 그리며 날아들어 왔다.

시간차 공격이다.

　무공보다는 술법에 능한 데다 오랫동안 목숨을 건 싸움에 대한 경험이 없는 정일 진인으로선 감당키 어려운 게 당연하다. 비록 결계의 위세를 뒤에 업었다곤 하나 애초에 진자운의 상대는 되지 못했다.

　"이런!"

　월인천강의 강습에 놀란 정일 진인의 손발이 크게 어지러워졌다. 일시 또다시 신형을 날리지 못하고 수중의 초혼뇌령검을 들어 자신을 방어하는 게 고작이었다.

　콰직!

　결국 월인천강을 정면으로 받은 초혼뇌령검이 정일 진인의 손을 벗어나 하늘로 날아갔다. 결계의 가호를 받은 터라 박살 나는 건 면했으나 강기의 충격 자체까지 완벽하게 흡수하진 못했다. 당연한 결과다.

　거의 바닥을 나뒹굴 정도가 된 정일 진인의 배후로 진자운이 빠르게 파고들었다.

　파팟!

　진자운의 손이 독수리가 병아리를 낚아채듯 정일 진인의 완맥을 거머쥐었다.

　우드드드득!

　환신환허법술로 만들어진 결계가 지닌 위력을 결코 진자운은 간과하지 않았다. 일시 정일 진인의 완맥으로 쏟아낸 힘은 평소보다 월등히 많았다. 인체를 이루고 있는 뼈마디가 일제히 박살 나는 소리가 터져 나왔다.

"으음……."

정일 진인은 거의 기절할 듯한 고통 속에서도 단지 작은 신음만을 흘려냈다.

눈빛 역시 맑았다.

그 점이 진자운을 화나게 만들었다. 짜증이 일었다.

"제기랄, 어째서요?"

"……."

"내 비록 제대로 수련을 쌓아 도사가 된 건 아니지만, 무당파에 속한 제자란 점은 잊지 않고 있수다. 해선 될 일과 안 될 일 정도는 알고 있단 말이오. 어째서 이런 말도 안 되는 짓을 한 거요?"

정일 진인은 여전히 대답이 없었다. 입까지 굳게 앙다물었다. 혹시라도 사부 북리단야에 대한 일을 발설할까 봐 미리 결심을 굳힌 모습이었다.

진자운이 그 같은 정일 진인의 내심을 파악치 못할 리 없다. 한차례 그를 심안으로 살핀 후 더 이상 대답을 강요하지 않았다.

'북리 노야라고 했던가? 대단하구만. 정일 진인 같은 인물까지 그자를 따를 줄은 몰랐는데… 그만하면 황천을 노릴 만한 자격이 있어.'

내심 중얼거린 진자운이 정일 진인의 몸속에 내력을 주입

해서 전신의 경맥과 혈도를 파괴시켰다. 그답지 않게 독하게 손을 썼다.

삽시간에 전설적인 술법자였던 정일 진인은 폐인의 몸이 되었다. 이후 술법이나 무공은커녕 일반적인 생활조차 영위하기가 힘들 터였다.

털썩!

정일 진인이 모든 힘을 잃고 바닥에 무너져 내렸다.

진자운은 이미 그에 대한 관심이 없다.

일견조차 던지지 않고 신형을 날린 그가 곧바로 천도문의 상방으로 향했다. 현재 천도문 주변에 펼쳐져 있는 결계의 핵을 본능적으로 파악해 낸 것이다.

"허억, 헉……."

황제의 안색은 붉게 달아올라 있었다.

숨결 역시 거칠다.

당장이라도 폭발할 것 같다.

방 안을 감돌고 있는 붉고 야릇한 기류.

그 속에 휘감긴 채 나신으로 춤을 추고 있는 한 명의 여인이 있다.

아니다.

여인이라기엔 아직 여물지 않아 보인다.

소녀라 함이 옳을 터다.

그러나 나신의 소녀는 어떤 요염한 여인보다도 더욱 강렬한 색기를 내뿜고 있었다. 붉은 기류 속에서 나비처럼 춤을 추면서 눈앞의 황제를 황홀경 속으로 몰아넣고 있었다. 흥분시키고 있는 것이다.

그렇다.

사내라면 결코 참을 수 없을 터다. 비록 그것이 무상의 권력을 지녔을뿐더러 무수히 많은 여인을 거느린 제왕이라 해도 크게 다를 바는 없을 터다.

내실 안에 펼쳐진 지독한 유혹의 향연.

그 속에서는 황제 역시 단지 한 명의 사내에 불과하다. 그 이상도 이하도 아니었다.

그런데 놀랍게도 황제는 참고 있었다. 거칠어진 호흡과 붉게 물든 얼굴을 하고서 욕망에 저항하고 있었다. 결코 눈앞에서 춤을 추고 있는 유혹의 덩어리에 함락되지 않으리라 스스로에게 되뇌이고 있었다.

어째서?

붉은 기류를 나신에 살짝살짝 걸치고서 유혹의 춤을 추고 있던 소녀의 얼굴이 드러난 순간 그 이유는 자명해진다.

경혜 군주.

나신을 한 채 치명적인 유혹의 상념을 던져 오고 있는 소녀의 정체였다. 황제의 질녀이자 난릉왕의 천금지체인 그녀가 지금 천륜을 깨뜨릴 패악의 무대에 서 있는 것이었다.

　문득 흐느적거리는 유혹의 춤 속에 자신의 모든 것을 담고 있던 경혜 군주가 황제를 독바로 쳐다봤다.
　이지를 잃은 눈빛.
　백치미가 느껴지는 시선이 황제를 혼란 속으로 빠뜨린다. 강하게 자극해 왔다.
　사륵!
　순간 경혜 군주를 감싸고 있던 붉은 기류가 흔들림을 보였다.
　재촉이다.
　그에 순응하듯 경혜 군주가 황제에게 천천히 다가왔다. 그리고 살짝 치켜 올려진 다리.
　교염한 그녀의 다리가 황제의 어깨를 더듬으며 올라갔다.
　"허억!"
　황제의 입에서 거친 신음이 터져 나왔다. 도저히 저항할 수 없는 유혹이다. 한계였다.
　그래도 황제는 버텼다. 어떻게든 자신 앞에 천연 그대로의 몸을 활짝 드러낸 질녀로부터 시선을 돌리려 했다. 그게 그가 할 수 있는 저항의 전부였다.
　스륵!
　경혜 군주의 발이 황제의 그 같은 행동을 가로막았다. 발끝으로 볼살을 더듬어 고개를 돌리지 못하게 만들었다. 단지 가벼운 접촉일 뿐이나 황제는 저항치 못했다.

더욱 거칠어진 호흡과 함께 가냘픈 떨림만을 보일 뿐이다.

"후훗!"

경혜 군주의 입가에 섬뜩할 정도로 교소가 떠올랐다. 황제를 결국 굴복시키는 데 성공했다는 확신에 찬 미소다. 득의만면한 표정 역시 함께다.

그렇게 천륜이 깨어지기 직전이었다.

사륵!

또다시 방 안을 가득 채우고 있던 붉은 기류가 흔들림을 보였다.

여태까지완 다르다.

유혹의 농밀함을 더하기 위한 움직임이 아니었다.

내부가 아니라 밖에서 일어난 충격파에 의해 인위적으로 붉은 기류는 흔들렸다.

그것만으로 끝일 리 없다.

스슥!

붉은 기류의 흔들림보다 더욱 빠르게 상방의 내부로 들어선 그림자가 있었다. 방금 전에 정일 진인을 제압하고 결계의 핵을 찾아든 진자운이었다.

"헤에?"

진자운은 방 안에 들어서자마자 붉은 기류에 휩싸여 있는 경혜 군주를 발견했다. 그 앞에 무력하게 주저앉아 있는 황제 역시 봤다.

기괴한 일이다.

적어도 사회적인 통념상은 그렇다.

진자운은 그딴 거 골치 아프게 생각하고 사는 인간이 아니다. 그는 그냥 눈앞에 보이는 광경을 있는 그대로 받아들였다. 지금 자신이 해야 할 일 역시 마찬가지다.

슥!

한 걸음 만에 경혜 군주 앞에 도착한 진자운이 곧바로 주먹을 휘둘렀다.

퍽!

불청객인 그를 발견하자마자 유혹적인 미소를 던지던 경혜 군주의 두 눈이 있는 대로 부릅뜨여졌다.

복부를 주먹으로 정확하게 얻어맞았다.

일시적으로 장이 꼬인 건 물론이고 속이 마구 뒤집혔다. 지독한 고통으로 인해 조그만 입술 역시 벌어졌다. 침까지 흘러내린다.

“이…….”

“그냥 눈 감고 쓰러지는 게 좋아, 더 맞기 싫으면.”

진자운의 매몰찬 말에 경혜 군주가 얼굴을 와락 일그러뜨리며 바닥에 주저앉아 혼절했다. 언제 그를 향해 유혹 어린 미소를 던졌는가 싶다.

그때다.

느닷없는 진자운의 등장으로 인해 질녀인 경혜 군주와 나뒹굴지 못하게 된 황제가 갑자기 괴성을 터뜨리며 달려들었다. 이미 이성의 끈을 완전히 놓아버린 것이다.

"우와악!"

"아, 귀찮게스리!"

진자운이 소지로 귀를 후비며 뒤도 돌아보지 않고 황제를 발로 걸어찼다. 중원의 만승지존이자 무쌍의 권력자를 아무렇지도 않게 나뒹굴게 만들었다.

환신환허법술로 형성된 결계의 핵 속이다.

황제나 경혜 군주 역시 그냥 평범한 인간에 불과했다. 어떤 권위도 내세울 수 없었다.

그러자 상방의 내부를 이리저리 떠돌아다니고 있던 붉은 기류가 한데 모이더니, 회오리바람처럼 회전하기 시작했다. 환신환허법술의 매개체인 경혜 군주와 황제가 거의 동시에 정신을 잃자 결계의 제어에 문제가 발생한 것이다.

'거 정말 귀찮은 결계일세. 어째 매개물이 정신을 잃었는데도 저리 기운이 왕성한 거야?'

진자운은 심안으로 회오리바람이 된 붉은 기류의 중핵을 살피곤 혀를 가볍게 찼다.

그가 방 안에 들어서자마자 경혜 군주와 황제를 매몰차게 패서 연달아 정신을 잃게 만든 건 결계를 깨기 위함이었다. 다른 방법이 없는 건 아니었으나 그 편이 가장 빠르단 판단이었다.

한데 결과는 영 딴판이었다.

매개체를 잃고도 결계의 중핵인 붉은 기류는 깨질 생각을 하지 않았다.

오히려 스스로 생명을 얻은 것처럼 군다.

예상 밖의 상황이다.

진자운은 거기까지 생각하다 자신을 향해 살의를 있는 대로 드러내고 있는 회오리바람을 향해 신형을 날렸다. 중핵을 직접 공격해서 결계를 깨뜨릴 작정이었다.

촤촤촤촤촤악!

회오리바람은 칼날이나 다름없었다. 단숨에 자신을 향해 파고든 진자운을 난자했다.

그러나 진자운은 개의치 않았다.

순식간에 회오리바람을 헤치고 파고들어 가 결계의 중핵에까지 이르렀다. 그리고 내뻗어진 손.

퍼석!

단 일격에 결계의 중핵이 바스러졌다.

*   *   *

진자운이 검은 공간으로 변한 천도문 안으로 들어간 후 조충환의 황천무군과 황태자를 호위하고 있는 동창, 금의위의 양 세력은 팽팽한 대치를 벌이고 있었다.

누구 하나 먼저 움직이지 못했다.

태극무검 진자운.

당세제일인을 믿는 마음과 눈앞에 펼쳐져 있는 기괴한 광경에 대한 혼란이 혼재되어 일시 어떠한 결정도 내릴 수 없었다. 양 세력은 그저 서로를 노려보고 있을 뿐이었다.

황태자가 조충환을 싸늘하게 노려봤다.

'죽일 놈들! 감히 다음 대 천자에 오를 나를 이리 능멸하다니! 내 오늘 당한 이 수치를 결코 잊지 않으리라! 결코 잊지 않을 것이야!'

조충환 또한 황태자를 보는 시선이 곱지 않다.

'돼먹지 못한 녀석! 아무리 황태자라지만, 황상 폐하께서 위기에 처한 이때에 간악한 유 태감의 꾐에 빠져서 꼭두각시처럼 움직이다니! 진 왕야께서 황상 폐하를 구해오기만 하면 당장에 태자 폐위를 주청드리리라!'

눈빛 못지않게 독한 내심이다. 두 사람 중 누구도 결코 양보할 기색이 없다.

하지만 단지 그뿐이었다.

양 세력은 결코 먼저 움직임을 보이려 하지 않았다. 단지 천도문을 집어삼킨 검은 공간 쪽을 힐끔거리고 있을 뿐이었다. 그게 할 수 있는 일의 전부였기 때문이다.

한데, 갑자기 팽팽하던 양 세력 간의 긴장을 무너뜨리는 변화가 일어났다. 진자운에 의해 환신환허법술로 인해 형성된 결계의 중핵이 바스러지는 것과 동시에 벌어진 일이었다.

"헉!"

"흐헉!"

황천무군과 동창, 금의위에 속한 황실제일의 고수들의 입에서 일제히 주책맞은 신음이 터져 나왔다. 느닷없이 검은 공간으로만 존재하던 천도문이 본모습을 드러내자 동요를 금치 못했다. 크게 놀란 것이다.

'황상 폐하!'

가장 먼저 정신을 차린 건 조충환이었다. 그는 언제 황태자를 고깝게 바라봤냐는 듯 재빨리 천도문 쪽으로 신형을 날렸다. 황제의 안위를 살피기 위함이었다.

슥!

조충환이 삽시간에 천도문의 담을 뛰어넘어 사라지자 나머지 황천무군들이 일제히 살기를 뿜어내며 경계태세를 굳혔다. 만일의 사태에 대한 대비였다.

꿈틀.

황태자가 볼살을 가볍게 떨어 보였다. 얼마 전 진자운에게 얻어맞은 얼굴이 화끈거리고 전신에서 오한이 일었다. 부친인 황제가 죽지 않았을 가능성이 확 올라가자 이후의 일이 크게 걱정되었다.

'부황께서 무사히 돌아오신다면, 필시 오늘 내가 벌인 일을 추궁당하게 될 것이다! 그리되면 어쩌지?'

황태자는 내심 고뇌에 빠졌다. 그때 황태자의 뒤에 조용히 시립해 있던 관진명이 슬며시 목소리를 낮춰 말했다.

"태자 전하, 심려치 마시옵소서. 금일 태자 전하를 천도문으로 오게 한 건 사례태감 영감올습니다."

"방금 뭐라 했느냐?"

"소인, 금일 벌어진 모든 일은 사례태감 영감이 자행한 것이니, 태자 전하께서 책임지실 건 전혀 없다는 사실을 알려 드렸을 따름이옵니다."

"……."

황태자의 시선이 관진명을 향했다.

눈앞의 소환관은 황태자의 사적인 시중을 드는 자이기 이전에 동창 소속이었다. 현 동창의 최고 권력자인 사례태감 유원익의 명령을 받는 위치일 수밖에 없다.

한데 그런 그가 지금 황태자에게 은밀한 유혹을 던지고 있었다. 어떠한 황궁 내 조직보다도 규율이 엄격하다고 알려져 있는 동창 내에서 결코 있을 수 없는 하극상이 벌어진 것이다. 의혹을 느끼지 않을 수 없다.

관진명이 고개를 슬쩍 숙인 채 말했다.

"소인의 주인은 오로지 태자 전하 한 분뿐이옵니다. 다른 누구도 태자 전하보다 중할 수 없기에 말씀 올리었을 따름이옵니다."

"알겠다."

황태자는 관진명에게 천천히 고개를 끄덕여 주었다.

믿을 수 있는 심복.

아직 최정상에 오르지 못한 권력자에겐 반드시 필요한 존재였다.

'사실 근래 들어 사례태감 유원익의 권력이 지나치게 강해졌다고 부황께서 종종 말씀하시곤 했다. 이번 기회에 그를 제거하는 것도 그리 나쁠 건 없을 것이야. 어차피 그는 엄밀히 말해서 부황의 사람이지 내 심복은 아니니까……'

내심 결론을 내린 황태자의 안색이 한결 밝아졌다. 입가에 어느새 여유있는 미소까지 번져 나오고 있었다.

욱씬!

기다렸다는 듯 진자운에게 얻어맞아 퉁퉁 부어오른 뺨이 아파왔다. 팽팽하게 당겨졌던 긴장의 끈이 풀리자 통증이 더욱 심하게 느껴지기 시작한 것이다.

*　　　*　　　*

"으음, 태극무검 진자운……."

사례감 주변을 서성거리고 있던 유원익의 입에서 나지막한 신음과 함께 씁쓸한 고소가 번져 나왔다.

스스로 거세를 하고 황궁에 들어선 지난 한 갑자의 세월!

그동안 그는 무수히 많은 고초와 위기를 탁월한 지략과 처신으로 뚫고서 지금의 위치에까지 이르렀다. 시시각각 음모와 귀계가 판을 치는 곳이 황실임을 감안하면 참으로 성공적인 인생을 살았다고 해도 과언이 아닐 터였다.

하지만 그런 그도 한 가지 간과한 것이 있었다.

현 황실의 기운이 쇠했다는 오판으로 역천을 꿈꾼 것이었다. 북리단야의 인물됨과 초인적인 능력에 혹해서 결국 일생의 오점을 찍고 만 것이다.

아니다.

유원익은 결코 오판하지 않았다. 현 황실의 기운은 확실히 크게 쇠약해졌고 국경은 항상 어지러웠다. 언제 외세의 침습하에 장성이 무너질지 모르는 상황이었다. 누구보다 현 황실의 권력 중심에 서 있는 그가 잘 알고 있었다.

천기!

문제는 하늘의 변덕이었다. 자미성을 분명 염정성이 침노했건만, 국운이 꺼지는 데에까진 이르지 못했다. 다름 아닌 당세제일의 무인이라 불리는 진자운이란 변수가 끼어든 까닭이었다.

'북리 노야, 어째서 약속을 지키지 않은 것이외까? 내게 태극무검 진자운은 절대로 다시 장성을 넘지 못할 거라고 하지 않았지 않소이까!'

뒤늦은 후회다. 한탄이다.

유원익은 얼마 전 천도문 쪽에서 달려온 동창 전령의 급보를 속으로 곱씹으며 고개를 가로저었다.

황제가 천도문에서 무사히 귀환했다.

황실과 황족 전체를 싸잡아서 도륙할 구실을 만들어줘야만 했던 난릉왕과 경혜 군주 역시 마찬가지다. 오늘 밤 북리 노야와 정일 진인, 유원익의 삼 자가 계획했던 황천 전복 계획은 완전히 실패한 것이다.

그러니 이제 어찌해야 하는가?

유원익은 자신이 들쑤셔서 동창과 금의위의 병력까지 쥐어준 황태자를 떠올렸다. 그를 계속 들쑤셔서 아예 황제로 옹립하고픈 유혹이 있었다. 하지만 곧 고개가 가로저어진다.

황제와 황태자.

부자지간이나 그릇의 차이가 너무나 다르다. 아무리 유원익이 황태자의 뒤를 전력으로 민다 해도 승산은 별로 없었다. 기껏해야 삼 할 정도밖엔 안 되었다.

게다가 또 한 가지 변수가 있다.

바로 황제의 의제인 친왕 진자운이었다.

'황천무군과 조충환만 해도 버겁다. 하물며 태극무검 진자운까지 상대해야 한다면 필패밖엔 없을 것이다. 그런즉, 이제 내게 남은 방도란 거의 없다고 봄이 옳을 것인가?

유원익은 문득 평생의 호적수를 떠올렸다.

동창의 제독태감이었던 조양중.

그는 얼마 전 자신이 총애했던 수하이자 애인인 첩형 왕식렴에게 수치스럽고 어이없는 죽임을 당했다. 북리단야가 유원익을 위해 준비했던 선물이었다.

그 달콤하면서도 씁쓸했던 기억의 편린을 더듬은 유원익이 곧 마음을 굳혔다. 더 이상 시간을 끌 수 없음을 잘 알고 있었기 때문이다.

"환사(幻邪)!"

유원익의 입에서 독특한 이름 하나가 흘러나온 순간, 그의 배후로 흐릿한 그림자 하나가 형성되었다. 자칫 하늘의 달빛이 만들어낸 장난 같기도 하다. 환상 같다.

아니다.

그렇지 않다.

느닷없이 모습을 드러낸 그림자가 자신이 단순한 환상이 아님을 확인이라도 시켜주려는 듯 살짝 일렁임을 보였다. 환사가 도착한 것이다.

"환사, 명을 기다리고 있습니다!"

유원익에게 이 같은 일은 익숙하다. 그가 지체없이 명령을 내렸다.

"지금 당장 자금성을 벗어나 북리 노야에게 가서 내 말을 전하거라."

"무얼 어찌 전하면 되겠습니까?"

"북극성(北極星)이 땅으로 떨어졌다고… 그러니 천하만민을 위해 결심을 내려달라고 나 유원익이 말했다 전하면 된다."

"존명!"

환사가 복명과 함께 갑자기 한차례 더 일렁임을 보였다.

검광!

달빛을 가르며 일어난 한 가닥 섬광이 유원익의 명문혈을 그대로 관통했다.

있는 대로 크게 뜨여진 유원익의 두 눈.

신음 역시 절로 흘러나온다.

"흡!"

그때 유원익의 명문혈을 뚫고 들어가 내장 전체를 휘저어놓고서야 빠져나간 검광을 거둔 환사의 얼굴이 문득 달빛 아래 드러났다.

묵포.

차갑게 가라앉아 있는 기도.

환사의 정체는 지밀대 십대고수의 수좌인 묵포사신 맹휘다.

그는 유원익이 소리산에게 심어놓은 심복이며 북리단야와 이어져 있는 끈이었다. 어쩌면 평생에 걸쳐 가장 신뢰를 주고 있었던 자에게 배신을 당한 것이다.

"네, 네놈이 감히……."

유원익이 당장이라도 끊어질 듯한 숨결을 붙잡은 채 억지로 신형을 돌려세웠다. 입술 새로 피거품이 꾸역꾸역 쏟아져 나와 채 말을 끝까지 잇지 못한다.

맹휘가 그런 유원익에게 정중하게 허리를 숙여 보였다.

"오늘부로 환사는 죽었습니다. 사실은 꽤나 오래된 일이지요. 그리 오래지 않아 북리 노야 역시 뒤를 따르게 될 터인즉, 너무 원통해하지 말아주십시오."

"소… 리산……?"

"……."

맹휘는 대답하지 않았다. 이미 유원익의 생명이 끝났음을 알고 있었기 때문이다.

'태극무검 진자운… 과연 대주님의 뜻대로 북리 노야를 상대할 수 있을 것인가?

그는 과거 진자운과 지밀대의 거의 전 병력을 이끌고 대적해 본 적이 있었다.

건곤일척!

결과는 참담한 패배였다. 지밀대의 거의 전 병력을 이끌고 갔음에도 진자운의 상대는 되지 않았다. 당세제일인이란 이름은 결코 거저 얻은 것이 아닐 터였다.

하지만 북리단야는 어떤가?

맹휘가 아는 북리단야는 이미 오래전에 인간의 한계를 뛰어넘은 초인이었다.

살아 있는 괴물, 그 자체였다.

비록 진자운의 인간의 상상을 초월하는 무위를 똑똑히 목도한 바 있으나 아직도 회의적인 마음이 남아 있었다. 그건 현재의 주군인 소리산 역시 마찬가지로 가진 의구심이라 여겼다. 그렇지 않았다면 느닷없이 천마신교를 접수하러 청해로 떠나진 않았을 테니까 말이다.

흔들.

맹휘는 한차례 고개를 가로저어 심중에서 일어난 파랑을 없애 버렸다.

전날 이미 마음의 결정을 내렸다.

생사를 함께할 주군을 선택한 것이다.

이제 와서 복잡한 생각에 고뇌하는 건 그답지 않은 일이었다.

스으.

어둠 속으로 맹휘가 다시 모습을 감춰갔다. 전날 모시고 있던 주군 유원익이 최후로 남긴 말을 북리단야에게 전하기 위해서였다.

잠시 후.

동창과 금의위, 황천무군까지 가담한 수백 명의 고수들이 사례감으로 들이닥쳤다.

목적은 하나.

현 사례감의 주인이자 동창, 금의위에까지 지배적인 권력을 쥐고 있는 사례태감 유원익을 잡아들이기 위함이었다.

그러나 늦었다.

한참이나 늦어버렸다.

그들이 발견한 건 피 웅덩이 속에 쓰러져 있는 한 명의 늙은 노태감의 시신이 전부였다. 황천을 지난 수십 년간 암중으로 위협해 왔던 북리단야의 꼬리가 또다시 끊겨 버리고 만 것이다.

가벼운 걸음으로 유원익의 시신에 다가가 죽음을 재차 확인한 조충환이 나직이 신음을 흘렸다.

"으음, 북리 노야… 유 태감 정도 되는 거물을 이렇게 함부로 죽여 버릴 줄이야……."

"……."

죽은 자는 말이 없다.

누구보다 그 같은 사실을 잘 아는 조충환이 곧 유원익의 시신에서 시선을 떼곤 함께 온 동창 첩형 오중원에게 말했다.

"어쨌든 황궁에서 공을 많이 세운 대태감이시오. 오 첩형께서 잘 거둬주서야겠소이다."

"명을 따릅지요."

오중원이 얼른 고개를 숙여 보였다.

동창은 연달아 제독태감 조양중에 이어 사례태감인 유원익마저 잃어버렸다. 하늘을 찌르던 위세가 크게 꺾이게 됐음은 자명한 일이었다.

당연히 평상시와 달리 깍듯해질 수밖에 없다. 지금으로선 황궁 내의 맞수인 금의위에 이번 일의 뒤처리를 맡기지 않는 것만도 고마울 지경이었다.

◆ 第七十三章 ◆ 세상에 존재해선 안 되는 검

오이랏의 수도인 사자왕기를 떠난 전서구는 용케도 만리장성을 넘어 누군가의 손에 전달되었다.

그것만으로 족하다.

놈은 충분히 자신의 임무를 잘 완수했다.

그다음은 잘 먹고 잘 조련되었을뿐더러, 전서구보다 훨씬 강한 날개를 지닌 전서응에게로 넘어갔다. 또다시 만 리에 가까운 하늘을 날아서 청해성의 곤륜산맥까지 가야만 했기에 어쩔 수 없이 취해진 조치였다.

천마신교 총단.

수일 전 영마 반여삭으로부터 천마신교의 대권을 넘겨받은 소리산은 한동안 정신없이 바빴다.

그럴 수밖에 없다.

영마 반여삭은 상당히 오랜 기간 동안 자리보전을 하고 있었다. 평상시처럼 방대한 조직 체계를 자랑하는 천마신교의 각종 업무를 수행할 수 있었을 리 없다. 사실 거의 방임되다시피 한 건수들이 수두룩했다.

과거 자신이 기거하던 거처를 놔둔 채 주인을 잃은 영마각에서 하루의 대부분을 보내고 있던 소리산이 갑자기 이를 으드득 갈았다.

산더미처럼 쌓여 있는 서류 더미를 앞에 둔 채 업무에 몰입하고 있던 중 갑자기 짜증이 치솟아올랐다. 반여삭에게 완전히 당했다는 생각 때문이다.

“어쩐지 너무 쉽사리 내게 신교의 대권을 넘겨준다고 생각했지…….”

어쨌든 업무를 수행하길 중단할 순 없었다.

그동안 미뤄져 왔던 사안들 중에선 꽤나 화급을 요하는 것도 적지 않았다.

한데, 그때다.

다시 눈앞에 놓인 서류로 시선을 던지던 소리산의 눈에 이채가 스쳐 갔다. 반여삭의 죽음 이후 삼칠일이 지나지 않아 절대의 고요를 유지하고 있던 영마각으로 다급히 다가드는 움직임 하나를 감지해 낸 것이다.

'발걸음 소리와 호흡이 극히 안정되어 있다. 부근 십여 장 내로 이르기까지 내 이목을 피해낸 것도 높이 살 만해. 아마도 영마 천좌가 그동안 키웠다고 알려진 수신호위들 중 하나가 분명하겠군.'

소리산이 거기까지 생각했을 때였다.

집무실의 문밖에서 조용하지만 강한 힘이 담긴 목소리가 들려왔다.

"대마군님께 고합니다. 신교의 총단으로 방금 전 전서응 하나가 날아들어 왔습니다."

'전서응?'

천마신교에서도 전서구나 전서응을 사용한다. 총단으로 전서응 한 마리가 날아든 것 때문에 소란을 떤다는 건 있을 수 없는 일이다.

당연히 이번에 총단으로 날아든 전서응은 꽤나 특별한 놈일 게 뻔했다. 그렇지 않고서야 어찌 소리산에게까지 보고가 올 수 있었겠는가.

소리산이 이미 짐작하고서 말했다.

"필시 안의 내용은 암호로 되어 있겠지? 내 이름을 제외하곤?"

"그렇습니다."

"가지고 들어와!"

　"존명!"

대답과 함께 집무실의 문이 열렸다.

잠시 후.

소리산은 지난 며칠간 자신을 옴짝달싹도 하지 못하게 만들었던 서류의 산으로부터 잠시 벗어나 산책을 즐기고 있었다.

영마각 앞에 조성된 정원.

전 주인인 반여삭의 평소 성품을 짐작할 수 있을 만큼 작고 볼품없으며 황량하다. 과거 천하에 존재하는 무수히 많은 기화이초들로 가득 메워져 있던 소리산의 거처와는 십만 리쯤 동떨어져 있을 법한 광경이다.

"영마 천좌는 무공이 빼어난 외에도 시서(詩書)에도 능한 사람이었는데 어찌 이리 정원을 볼품없이 만들었을까? 역시 무언가에 잔뜩 홀려 있었기에 그리된 것일 테지……."

감상치고는 묘한 뒤끝이 남는다. 그냥 입 밖으로 흘러나온 말일 뿐, 특별한 의미를 담지 않았기에 더욱 그러하다.

문득 소리산의 입가에 흐릿한 미소가 떠올랐다. 얼마 전에 받아 든 밀서에 적혀져 있던 사항 때문이다.

'성마대공은 역시 성마대공인 것인가? 내가 몇 군데로 나눠서 전달한 정보를 무시한 것도 놀라운 일인데, 그 짧은 사이에 북방제일의 강국인 오이랏을 침묵하게 만들다니. 도저

히 나 같은 사람으로선 따르지 못할 능력이다. 정말 그래.'

소리산은 진자운에 대한 기대가 증폭되는 걸 느꼈다.

어쩌면에서 확실히로.

북경에서 진자운과 재회했을 때와 비교하자면 그야말로 장족의 발전을 이뤘다고 할 수 있었다.

하지만 모사란 본시 몇 개나 되는 굴을 판다. 결코 단 하나의 계(計)에 모든 걸 담진 않았다. 특히 이번처럼 실패 시 뒤를 장담치 못할 만큼 커다란 일엔 더욱 그러했다.

촤락!

손에 들고 있던 쥘부채를 활짝 펼쳐서 따갑게 떨어져 내리고 있는 햇빛을 가로막은 소리산이 영마각 쪽으로 발걸음을 돌렸다. 잠시 벗어났던 서류의 산으로 돌아갈 때가 되었다는 판단이었다.

'정파 연합군과 대녹림맹의 주력이 정면으로 충돌하기 전까지 천마신교의 가용할 수 있는 병력 전체를 집결시켜야만 한다. 성마대공마저 북리 노야를 감당치 못한다면, 나밖엔 그를 상대할 사람이 없을 테니까.'

소리산의 입가에 머물러 있던 미소가 물거품처럼 서서히 사라져 가고 있었다.

*　　　*　　　*

북경.

진자운은 며칠간 정신없이 바빴다.

천도문에서 자미성인 황제와 염정성인 경혜 군주를 구출한 것만으로 끝이 아니었다.

오히려 시작에 가까웠다.

그는 곧바로 황태자를 뒤에서 충동질한 사례태감 유원익 일파와 더불어 황천에 숨어든 북리단야의 세력 역시 힘들게 발본색원(拔本塞源)해야 했다.

애초에 황제와 조충환에게 약속했던 걸―만리장성을 넘는 척한 후 곧바로 북경으로 돌아와 북리단야의 세력을 제거한다던―제멋대로 깨버린 탓에 일이 대책없이 커졌다. 이 같은 노력 봉사는 어쩔 수 없는 일이었다.

게다가 그것만으로 끝이 아니었다.

자금성의 내외가 안정되자마자 그는 곧바로 난릉왕부로 향해서 정일 진인의 또 다른 희생자인 난릉왕과 백운생의 치료에 매달려야만 했다.

그들은 육노당과 달리 빼어난 고수가 아닐뿐더러, 자미성이니 염정성이니 하는 별의 기운 역시 타고나지 못했다. 그야말로 평범한 사람들이었다.

신조차 죽일 수 있다고 알려진 환신환허법술이 만들어낸 결계의 영향을 매우 극심하게 받을 수밖에 없었다. 이지를 완전히 잃어버리고 백치가 되어버린 것이다.

까닥!

난릉왕에 이어 백운생의 머릿속에 염파를 쏘아 보내서 이지를 회복시키는 치료를 끝낸 진자운이 고개를 옆으로 기울여 보였다.

피곤하다!

반선지경인 주제에 몸이 피곤할 리 없다. 그냥 근래 들어 지나칠 정도로 부지런을 떤 탓에 정신적인 피로도가 꽤 많이 쌓였다. 살짝 폭발할 것 같다.

'망할 정일 말코 같으니라구! 내 목숨만은 살려주려고 했더니, 그사이 자살을 해서 날 이렇게 물먹이다니!'

정일 진인은 진자운에게 제압당하자마자 어금니 속에 숨겨놨던 독단을 깨물고 자결했다. 애초부터 이번 계획이 실패할 수도 있으리란 생각을 하고 있었음이 분명하다.

덕분에 곤란해진 건 진자운이었다.

그는 어쩔 수 없이 자금성에서 벌어진 일련의 사태에 일일이 끼어들어서 교통정리를 해야만 했다. 자칫 천하대란으로 발전할 수 있는 소지의 대사건의 뒤끝이기에 평상시처럼 대충 처리할 수도 없었다.

난릉왕과 백운생의 치료 역시 마찬가지다.

정일 진인이 살아 있었다면 지금 진자운이 뇌파를 직접적으로 건드려서 이지를 되찾게 만드는 개고생을 하고 있을 까닭이 없었다.

참으로 여러 가지 측면에서 민폐를 있는 대로 끼친 정일 진 인이었다. 너무 편하게 죽게 만들었다는 생각이 들 정도였다. 분명 그랬다.

어쨌든 모로 가든 북경단 가면 된다고 했다.

진자운은 요 며칠 꾸준히 난릉왕과 백운생의 뇌파를 자신 의 영체로 자극해서 백치나 다름없던 두 사람의 이지를 거의 회복시키는 데 성공했다. 살짝 기억의 오류가 남았을 뿐 나머 진 정상인과 다름없을 정도가 됐다.

치료 중 두 사람의 사념에 시달려서 조금 정신적으로 피로 하긴 했으나 결과가 좋으니 다 좋다고 할 수 있었다. 그렇게 생각하는 게 편했다.

'흐음, 그럼 이젠 황천 쪽의 일은 대충 마무리가 됐으니, 슬 슬 북리 노야인가 하는 노괴물만 잡아 족치면 되는 건가? 황 제가 되고 싶어서 용쓰던 인간이니까 그냥 이대로 내버려 두 기엔 지나치게 위험하단 말씀이야!'

십여 년 전 은거한 후 참으로 오랜만에 느껴보는 인간적인 감정이다.

사명감이랄까?

그 비슷한 감정까지 느껴진다.

진자운으로선 꽤나 신선한 충격이라 할 수 있었다.

그때다.

진자운의 앞에 단정한 자세를 하고 앉아 있던 두 사람 중 백운생이 갑자기 반개하고 있던 눈을 파르르 떨었다. 치료 중 빠져 있던 혼몽에서 빠져나온 것이다.

깜빡!

두 눈을 뜨고 잠시 눈앞에 있는 진자운을 노려보던 백운생이 갑자기 입가에 환한 미소를 만들어냈다.

"진 왕야, 오늘도 소인을 치료하기 위해 애를 쓰셨군요! 정말 감사합니다! 정말 감사합니다!"

'또냐?'

진자운이 감격한 표정으로 두 눈에 눈물까지 글썽거리고 있는 백운생을 바라보며 얼굴 가득 귀찮은 기색을 드러냈다. 그의 치료를 진행하는 동안 이 같은 일을 몇 차례나 경험했다. 이젠 슬슬 지겨울 법도 하다.

톡!

당장이라도 자신의 품으로 달려들 듯한 기색인 백운생의 이마를 손가락을 튕겨 밀어낸 진자운이 슬그머니 자리에서 일어섰다. 남자에게 끌어안기는 취미 따윈 결코 없는 그다.

"난릉왕야가 곧 깨어날 거요."

"예? 소, 소인의 옆에 계신 분이 난릉왕야인 겁니까?"

진자운이 대답 대신 고개를 끄덕여 보였다.

"이런 불경스러운 일이 있는가! 천한 신분의 서생이 존귀한 왕야와 함께 치료를 받는 건 결코 법도에 맞지 않는 일인

것을!'

'아아, 시끄럽네! 시끄러워! 별것도 아닌 것 가지고 호들갑 떨긴!'

진자운이 진짜로 온갖 호들갑을 다 떨고 있는 백운생의 이마를 다시 손가락으로 튕겼다. 발작이라도 일으킬 것같이 굴던 백운생이 뒤로 주춤거리며 물러났다.

"난릉왕야는 현 황제의 동생으로 국정에도 상당한 권력을 행사할 수 있는 사람이오. 어떤 면에선 싸가지없는 황태자보다 낫다고 할 수 있지. 그러니 그가 깨어나면 나한테 만날 말하곤 했던 그 치국의 도리란 거나 잘 설명해 보도록 하시오."

"하, 하지만 그건 법도에 어긋나는 일인데……."

"쓰읍!"

진자운이 두 눈을 부라리자 백운생이 얼른 입을 다물었다. 그의 더러운 성질머리에 대해선 매우 잘 알고 있었다. 이럴 때 괜스레 계속 입을 놀렸다간 어떤 꼴을 당할지 몰랐다. 진자운이 표정을 일신하곤 말을 이었다.

"그 왜 백 선생은 그동안 나한테 기회를 잡지 못해서 세상을 바꾸지 못했다고 하지 않았소? 이제 기회가 왔는데도 그걸 못 잡는다면 백 선생은 단순한 바보 서생일 뿐이오. 평생 살아왔던 것처럼 말이오. 그래도 좋소?"

"……."

백운생이 뭐라 다시 말하려다 결국 입을 다물었다. 진자운이 한 말이 결코 틀리지 않았음을 알고 있었기 때문이다.

히죽!

진자운이 어느새 깊은 상념 속에 빠져든 백운생의 모습을 살피곤 슬그머니 방을 빠져나갔다. 언제나처럼 화두만을 던져 준 채였다.

잠시 후.

진자운이 치료실로 사용하고 있던 난릉왕부의 한 켠에서는 정신을 차린 난릉왕과 백운생 간의 대화가 도란도란 이어졌다.

치국의 도리.

나라를 어떻게 잘 다스릴 것인가에 대한 토론이다.

쉬이 끝날 만한 성질의 것일 리 없다.

두 사람의 대화는 하루를 꼬박 넘겼고, 며칠 동안 끊임없이 이어졌다. 후일 평생을 함께하며 제국의 수없이 많은 병폐와 맞서 싸울 충신들 간의 만남이었다.

며칠이 빠르게 흘러갔다.

진자운은 계속 난릉왕부에 머물면서 난릉왕과 백운생을 치료하는 한편 북경성의 내외를 계속 오고 갔다.

북경 하오문의 문주인 금적왕에게서 얻어낸 정보와 황천무군의 힘을 빌어서 황천에 깊숙이 침투해 있던 북리단야의 잔존 세력들을 완벽하게 괴멸시켰다.

딱히 하고 싶어서는 아니었다.

그냥 어쩔 수 없이 그리하게 되었다.

그렇게 다시 수일이 지나 대충 북경에서의 일이 끝나갈 무렵이었다.

난릉왕부 내에 마련된 거처를 한가롭게 거닐고 있던 진자운의 눈에 슬며시 이채가 떠올랐다.

'호오? 염정성의 기운을 타고났다고 하더니, 그 같은 일을 겪고도 회복이 빠르구만.'

진자운은 멀찍이 떨어진 중문 뒤편에 몰래 몸을 숨기고 있는 경혜 군주를 쉽사리 발견해 냈다. 아무리 잔뜩 몸을 웅크린 채 숨어 있다 해도 소용없다. 그냥 발각되어 버리고 만다.

그래도 진자운은 짐짓 못 본 척했다. 조그맣고 성질 나쁜 계집애를 상대하고 싶지 않았기 때문이다.

휘익!

진자운이 신형을 돌려세우자 경혜 군주가 깜짝 놀라서 숨어 있던 중문에서 뛰어나왔다. 필시 뭔가 진자운에게 할 말이 있었던 것이리라.

"저기, 이봐요!"

"응?"

진자운이 걸음을 멈추고 고개를 돌려 경혜 군주를 바라봤다. 비로소 그녀를 발견했다는 반응이다.

경혜 군주는 무학을 익힌 바가 없다. 그래도 진자운이 대단한 고수라는 걸 안다. 그의 이런 반응이 완전히 날조된 것임을 짐작하지 못할 리 없다.

"뭐가 응이에욧! 처음부터 내가 찾아온 걸 알고 있었으면서!"

"그런데?"

진자운이 전법을 바꿨다. 모른 척하기에서 퉁명스런 반응을 보이기로.

경혜 군주는 이런 대접을 받아본 적이 거의 없다. 솔직히 처음 있는 일이다. 평소 성격 같았으면 당장 폭발을 해도 몇 차례는 했을 터다.

하지만 그녀는 붉어진 얼굴로 입술을 꾹 다물었다. 화를 터뜨리지 않았음은 물론이거니와 고개를 살짝 숙이고 발끝으로 땅바닥을 툭툭 걸어찼다. 꼭 수줍어하는 처녀의 얼굴이다.

진자운이 그 점을 그냥 넘어갈 리 없다.

"너, 얼굴 붉어졌다?"

"시, 시끄러워욧! 내 얼굴이 뭐가 붉어졌다고 그래욧!"

"붉어졌는데?"

"……."

경혜 군주 역시 자신의 얼굴이 잔뜩 달아올랐음을 잘 안다. 그래도 진자운의 놀리는 듯한 말을 그냥 받아들일 순 없다. 자존심이 허락지 않는다.

'하필이면 저런 자가 날 구해줬다니! 정말 화나! 게다가 어째서 저렇게 웃고 있는 거야!'

진자운의 웃음에 가슴이 뛰는 걸 느낀 경혜 군주가 한차례 발을 구른 후 재빨리 몸을 돌렸다. 자신의 속마음을 진자운에게 들키기 싫었다. 결코 용납할 수 없는 일이었다.

"지난번 일은 고… 마웠어요."

"뭐라고?"

진자운이 경혜 군주 쪽으로 상체를 살짝 기울이며 귀를 내밀었다. 그녀가 한 말이 잘 들리지 않는다는 걸 온몸으로 표현한 것이다.

경혜 군주가 다시 발을 굴렀다.

"그러니까 지난번 일은 고마웠다고요!"

"그런데 발은 왜 구르는데?"

"그, 그야 당신이……."

"당신이라니! 난 황제 형님의 의제이니 네 숙부가 된다고 할 수 있다구."

"수, 숙부는 무슨!"

어느새 다시 진자운 쪽으로 신형을 돌린 경혜 군주가 여전히 새빨간 얼굴로 소리쳤다.

"당신은 그냥 당신을 뿐이에요! 절대로 내 숙부 따위가 아니라구요!"

"그건 네가 정할 일은 아닌 것 같은데?"

“내가 그렇다면 그런 거예요! 그런 거라구요!”

“허!”

진자운이 나직이 혀를 찼다. 경혜 군주가 부리는 억지는 그리 귀엽지 못했다. 재치 역시 부족했다. 사매인 봉황여제 모용청려와 비교하자면 그야말로 보름달과 반딧불 정도의 차이는 날 성싶었다.

하지만 진자운은 눈앞의 경혜 군주가 예전과 사뭇 달라졌다는 걸 눈치 챘다.

이유는 자명했다.

환신환허법술에 의해 형성된 결계 내에서 태어날 때부터 지니고 있던 염정성의 기운을 대부분 빼앗긴 탓에 예전과 같은 요악스러움이 거의 소멸됐다. 이젠 그야말로 평범한 계집아이가 된 것이다.

‘어쩌면 이리된 것이 더 나을지도 모르지……’

내심 고개를 끄덕인 진자운이 갑자기 불쑥 손을 내밀어 잔뜩 약이 올라 있는 경혜 군주의 머리를 한차례 눌러주었다.

“이, 이게 무슨 짓이에욧!”

“앞으로 착하게 살라고 숙부가 쓰다듬어 주는 거다.”

“숙부 아니야! 숙부 아니라구!”

“혼자 우겨봤자 소용없다.”

“이익!”

경혜 군주가 자신의 머리를 누르고 있는 진자운의 손에서 벗어나려고 용을 썼다. 마구 버둥거렸다.

히죽!

진자운은 입가에 미소를 띤 채로 경혜 군주의 머리를 계속 눌렀다. 조금 더 그녀를 골려먹을 작정이었다. 그래도 될 것 같았다.

한데, 갑자기 그가 경혜 군주의 머리에서 손을 떼어냈다. 그리고 일어난 옷자락 휘날리는 소리.

새파란 창공 위로 진자운이 한줄기 바람이 되어 뛰어올랐다.

"어?"

경혜 군주는 일시 몸을 크게 휘청거렸다. 진자운의 품으로 거의 달려들 듯 몸을 버둥거리던 중에 머리에 가해졌던 힘이 사라지자 균형을 잡기가 쉽지 않았다.

그래도 용케 그녀는 몸의 균형을 잡았다. 몇 차례 비틀거리다가 자세를 바로 고정시켰다.

두리번두리번.

경혜 군주는 곧바로 시선을 이리저리 돌리다가 고개를 들어 올렸다. 그녀의 시선 속으로 어느새 까마득한 창공 위로 뛰어오른 진자운의 뒷모습이 보였다.

"아!"

경혜 군주의 입이 가볍게 벌어졌다. 평생 봤던 어떤 것보다 굉장한 광경 앞에 압도당한 것이다.

파라락!

특별한 준비 동작도 없이 창공 위로 뛰어오른 진자운의 옷자락이 바람에 계속 나부꼈다.

극한의 속도.

순간적인 가속으로 인해 그의 옷자락은 금방이라도 찢어질 것 같았다. 그 정도의 경공을 경혜 군주가 보는 앞에서 펼쳐서 난릉왕부를 빠져나온 것이다.

당연히 이유가 없을 리 만무하다.

그는 염정성의 화신에서 평범한 꼬마 계집애로 변모한 경혜 군주와 함께하던 중 천리전음으로 된 초대를 받았다. 난릉왕부로부터 십여 리 정도 떨어진 곳에서 날아온 절대고수의 초절기였다.

'목소리로 미뤄볼 때 내게 천리전음을 보낸 건 북녹림 맹주인 녹림패도왕 철기량이 분명하다. 그동안 내가 전해준 화두를 풀어냈는지 무공의 수위가 올라갔어. 그런데 특이한 건 그의 곁에는 또 한 명의 절대고수가 있다는 거야. 기색이 엄엄한 게 지금 당장이라도 숨이 끊어지기 직전인……'

진자운은 천리전음의 초대를 받자마자 곧바로 의식을 확장시켰다. 천리전음을 보낸 장본인과 그가 있는 장소를 파악하기 위함이었다.

그 결과 그는 철기량이 있는 장소를 정확히 파악해 냈고,

곧바로 신형을 날려 그곳을 찾아가고 있었다. 철기량의 주변에 생명이 경각이 이른 절더고수가 있음을 간파해 낸 까닭이었다.

스슥!

단숨에 창공을 가로질러 십여 리나 되는 거리를 단축한 진자운이 한차례 신형을 뒤집고는 송림 앞에 떨어져 내렸다. 천리전음이 날아온 장소에 도착한 것이다.

진자운이 송림을 향해 대뜸 소리쳤다.

"철 맹주, 나오시오! 진자운이 왔소이다! 환자도 함께 데리고 나오시오!"

송림 안에서 반색하는 소리가 들려왔다. 철기량의 우렁우렁한 목소리가 아니었다. 다소 방정맞으면서도 귀에 익숙한 목소리였다.

"벌써 오셨습니까? 과연 빠르시군요! 빨라요!"

'이 목소리는……'

진자운이 눈에 이채를 만드는 새 송림 안에서 한 명의 작은 몸집의 중늙은이가 뛰쳐나왔다. 항주 하오문의 문주인 섬전수광풍타 노삼이었다.

후다닥!

한걸음에 진자운 앞에 이른 노삼의 얼굴은 못 본 새 살짝 달라져 있었다. 얼굴이 때깔 좋은 붉은빛을 띠고 있는 것이 얼마 되지 않는 새에 내공이 상당히 심후해진 듯 보였다. 아마도 진자운이 항주를 떠나기 전에 수정해 줬던 내공심법의 덕을 적지 않게 본 모양이다.

진자운이 얼른 축하의 말을 던졌다.

"노 문주, 그동안 내공이 꽤나 정심해졌구려. 축하하오."

"감사드립니다! 모두 진 대협의 덕분입니다!"

"그런데 어쩌다가 철 맹주를 따라 북경까지 오게 된 거요?"

"저기 그것이……."

노삼은 정보로 먹고사는 하오문에서 잔뼈가 굵은 사람이다. 진자운이 던진 말속에 숨은 뜻을 읽어내지 못할 리 없다. 그는 지금 철기량이 어째서 자신의 부름을 받고도 모습을 드러내지 않는지에 대해 묻고 있는 것이다.

그러나 노삼의 고심은 그리 오래가지 않았다. 그럴 필요가 없었다. 기다렸다는 듯 송림 안쪽에서 우렁우렁한 철기량의 목소리가 터져 나왔다.

"진 대협, 미처 마중을 나가지 못해서 미안하게 되었네. 지금 병자와 함께 있는 중이라……."

"병자가 설마 창파검제 모용 노가주님이십니까?"

"그걸 어떻게……."

놀란 목소리를 낸 건 철기량이 아니라 노삼이었다. 그는 진자운이나 철기량 등과 무공 격차가 하늘과 땅처럼 크게 나는 사람이었다. 절대고수들 간에만 느낄 수 있는 교감을 이해할 수 있을 리 없다.

슥!

진자운이 곧장 송림으로 신형을 날렸다. 난릉왕부를 떠나며 내심 꺼림칙하게 느꼈던 일이 현실로 나타났다. 평소같이 태연자약하기만 할 순 없었다.

단숨에 송림을 가로질러 신형을 날리던 진자운 앞에 족히 천 년쯤 되어 보이는 노송이 모습을 드러냈다.

그 바로 앞.

단정하게 가부좌를 틀고 앉아 있는 철기량과 모용진천의 모습이 보인다. 철기량이나 모용진천이나 머리 위로 무럭무럭 수증기를 뿜어내고 있다. 강대한 내공을 이용해서 운공조식과 요상을 병행하고 있는 게 분명하다.

'도대체 누가 있어서 모용 노가주님을 저런 꼴로 만들 수 있단 말인가…….'

진자운의 내심 속에서 의혹이 구름같이 일어났다.

그도 그럴 것이 그의 눈앞에 있는 두 사람은 당대 천하제일을 논할 만한 최고의 고수들이었다.

설사 수천의 고수들한테 연수합공을 당한다 해도 충분히 빠져나올 수 있는 실력을 지니고 있었다.

이렇게 사경을 헤맬 만한 부상을 입었다는 건 도무지 납득이 가지 않는 일이었다.

문득 두 눈을 반개한 채 철기량이 전해주는 내공을 받아서 운기요상에 전념하고 있던 모용진천이 진자운 쪽을 바라봤다. 어느새 감겨져 있던 두 눈엔 신광이 어려 있다. 어느 모로 보든 죽음을 앞둔 사람 같진 않다.

그러나 진자운은 이미 전신의 감각을 크게 활성화시킨 상황이었다. 모용진천의 두 눈에 담긴 신광 이면에 머물러 있는 죽음의 기운을 금세 파악해 낼 수 있었다.

"모용 가주님… 오랜만입니다."

"오랜만?"

모용진천이 갑자기 자신의 명문혈과 단전에 양손을 붙인 채 노도와 같은 내력을 들이붓고 있던 철기량을 옆으로 밀어냈다. 더 이상의 치료는 필요없다는 판단이었다.

그 같은 생각은 철기량 역시 하고 있었다. 자신보다 월등히 뛰어난 고수인 진자운이 온 이상 계속 모용진천을 내력으로 치료하는 건 무의미한 일이 분명했다. 그래도 속으로 살짝 불만이 생기긴 한다.

'제기랄, 아무리 당세제일인이 왔다곤 해도 그동안 내가 해준 게 있는데, 갑자기 이리 사람이 바뀌다니! 친구, 친구 할 때는 언제고……'

그는 모용진천의 몸에서 손을 떼고 물러서면서 내심 조그맣게 불평을 토해냈다. 그렇게라도 하지 않고선 울화가 살짝 폭발할 것 같다.

한데, 그때다.

철기량이 자신의 몸에서 손을 떼자마자 모용진천이 용수철처럼 자리를 박차고 뛰어올랐다. 양손 가득 내력이 담겨 있다. 목표는 진자운이었다.

파곽!

모용진천의 쌍수가 연달아 진자운의 몸에서 폭발을 일으켰다. 비록 중상을 당했다곤 하나 절대고수인 모용진천이 전력을 몽땅 쏟아낸 일격이다.

웬만한 거암이라 해도 단숨에 박살 날 만하다.

그 정도의 위력이었다.

“억!”

속으로 모용진천을 욕하던 철기량의 입에서 이번엔 숨넘어가는 비명이 터져 나왔다. 어째서 갑자기 모용진천이 이런 미친 짓을 벌였는지 이해가 가지 않는다. 상상조차 해보지 못한 일이었기 때문이다.

그래도 다행이랄까?

연속적으로 진자운의 가슴과 뺨따귀를 격타한 모용진천은 더 이상 손을 쓰지 않았다.

사실 않았다기보다는 못했다.

태연히 선 채로 모용진천의 일타쌍수(一打雙手)를 받은 진자운이 느릿하니 손을 썼다. 자신에게 달려든 모용진천을 살짝 끌어안더니 아기 다루듯 들어 올렸다. 단숨에 한 명의 절대고수를 제압해 버린 것이다.

"모용 가주님도 성질은 여전하십니다. 이렇게 위중한 몸을 해가지고서 이리 힘을 쓰시면 탈나십니다."

"그동안 무… 공이 더 늘었구나!"

"그러게 말입니다? 딱히 무공 수련을 열심히 한 것도 아닌데 어쩌다 보니 이리되었습니다."

"홍! 잘난 척은!"

모용진천이 고개를 옆으로 팩 하고 돌렸다. 오만할 정도로 자부심이 넘치던 사람이 한순간 토라진 계집애처럼 변해 버렸다.

히죽!

진자운은 그에 개의치 않았다. 입가에 특유의 미소를 담은 그가 재빨리 활성화된 감각을 이용해 품 안에 안겨 있는 모용진천의 내부를 투과했다. 내공의 힘인 진기를 운용하는 것보다 월등히 빠르고 나은 방법이었다.

'체내의 기경팔맥이 모조리 끊겼고, 자잘한 세맥들 역시 이미 부서져 버렸다. 이 같은 상태로 아직까지 살아 있다는 게 기적일 정도다.'

진자운의 입가에 머물러 있던 미소가 슬그머니 자취를 감췄다. 대라신선이 존재한다 해도 모용진천의 죽음을 되돌릴 수 없음을 눈치 챈 것이다.

철기량이 기대 어린 목소리로 소리쳤다.

"진 대협, 어떻게, 살릴 수 있겠소이까? 살릴 수 있겠어요?"

“으음……”

진자운은 대답 대신 신음을 흘렸다. 그게 다였다.

철기량이 다시 소리치려 하자 모용진천이 목소리를 높여 제지했다.

“됐네! 자네도 알지 않은가? 내 몸 상태를……”

“그렇지만 진 대협이라면……”

“무공이 높다 하여 신선은 아니네. 이미 기경팔맥이 모조리 끊기고 오장육부가 상했거늘 어찌 살 수 있단 말인가? 이곳까지 살아서 올 수 있었던 것도 자네의 도움이 없었다면 곤란했을 것이네.”

“쌍!”

철기량이 결국 참지 못하고 욕설을 터뜨렸다. 진자운의 침묵과 모용진천의 체념한 듯한 말에 노화가 있는 대로 뻗었다. 욕설이라도 내뱉지 않고선 견딜 수 없었으리라.

진자운이 모용진천에게 말했다.

“모용 가주님, 어떤 자가 있어 이런 지독한 짓을 한 것입니까?”

“어떤가? 파훼할 수 있겠는가?”

“궁리해 봐야 할 것 같군요. 이런 종류의 무공이 있다는 것도 처음으로 알았으니.”

“역시 그렇군.”

모용진천이 천천히 고개를 끄덕여 보였다. 이미 예상하고 있었다는 반응이다.

진자운의 눈매가 가늘어졌다.

"암습을 당한 것이겠지요?"

"철 맹주와 녹림용제를 양쪽에서 압박하고 있던 중이었다네. 순식간에 당했지."

"상대가 누군지조차 보지 못했다는 겁니까?"

"그렇네."

'북리 노야!'

진자운은 단 한 번도 목도하지 않았으나 평생의 대적이라 여기고 있던 한 인물을 떠올리며 표정을 굳혔다. 천하를 몽땅 뒤져도 모용진천을 제압할 수 있는 사람은 거의 없었다. 그가 내심 호적수로 평가하고 있던 북리단야를 떠올린 건 결코 무리가 아니었다.

묵묵히 침묵을 지키고 있는 진자운에게 모용진천이 말했다.

"자네도 어느 정도 눈치 챘겠지만, 날 이 꼴로 만든 건 아마도 전설상의 무형검일 걸세."

"그 외엔 없겠지요."

"그래서 말인데… 내 다시 묻겠네. 이 세상에 존재해선 안 되는 검을 파훼할 수 있겠는가?"

"파훼해야겠지요."

똑같은 질문을 받았음에도 진자운의 대답은 처음과 달랐

다. 어느새 모용진천의 두 눈에 담겨져 있던 신광이 점차 힘
을 잃어가기 시작했음을 알았기 때문이다.

'아려의 마음을 가져간 녀석. 분하긴 하지만, 진정 천하에
다시없는 기재라고 할 수 있을 테지. 하지만 어째서 감히 내
딸 아려를 버리고 마교의 요녀를 선택했더란 말이냐, 이 괘씸
한 녀석아!'

내심 중얼거린 모용진천이 갑자기 화제를 바꿨다.

"내 딸 아려를 어찌 생각하는가?"

"예?"

"내 딸 아려를 어찌 생각하냔 말일세! 자네 때문에 시집도
못 가고 늙어가고 있는 내 귀한 딸 말일세!"

"저기 그, 그것이……."

"왜 말을 더듬는 건가?"

"……."

모용진천의 연이은 재촉에 진자운이 입을 꾹 다물어 버렸
다.

평생에 걸쳐 별로 경험해 본 적이 없는 일이다. 말문이 완
벽하게 막혀 버린 것이다.

모용진천은 그런 진자운을 한동안 바라보았다.

세상엔 굳이 입을 열어 말하지 않아도 알 수 있는 게 있다.
지금과 같은 상황이 그러했다.

'놈! 그래도 아려를 귀하게 생각은 하고 있구나. 만약 평소

처럼 입을 나불거렸다면 내 결코 눈을 감고 죽지 못했을 터인
데…….'

내심 고개를 끄덕인 모용진천이 천천히 눈을 감았다. 아니,
힘이 빠져서 자연스레 그리되었다.

"모용 가주님……."

진자운이 부르자 모용진천이 고개를 슬며시 가로젓는다.

"졸립구만… 졸려워……."

"……."

진자운의 침묵 속에서 모용진천의 고개가 힘을 잃고 툭 밑
으로 처졌다.

"엉?"

진자운과 모용진천의 대화를 조용히 엿듣고 있던 철기량
이 두 눈을 부릅떴다.

입에서도 화급한 경호성이 터져 나왔다. 미약하지만 분명
히 존재하고 있던 모용진천의 기가 갑자기 자취를 감춰 버린
걸 간파한 것이다.

부들.

진자운이 모용진천의 노구를 받치고 있던 양손을 가볍게
떨어 보였다.

가볍다!

한때 천하를 호령하던 대고수의 몸 같지가 않다. 그의 영혼
이 떠나가 버린 것과 동시에 벌어진 일이었다.

"으허헝! 으허허허헝!"

황급히 다가와 모용진천의 죽음을 자신의 두 눈으로 확인한 철기량이 하늘을 바라보며 대성통곡을 터뜨렸다.

지난 십여 일.

얼떨결에 친구로 맺어진 두 사람 간의 정리를 알 수 있게끔하는 모습이었다.

◆ 第七十四章 ◆　황천(皇天)의 쟁투(爭鬪)는 끝이 났다

자금성.

황제의 사적인 생활을 위한 내정(內廷) 중 하나인 건청궁(乾淸宮)의 상방에 두 사람이 마주 앉아 있다.

황제와 외눈의 중년 수사.

다탁을 앞에 두고 마주한 두 사람은 한동안 다향만을 음미하고 있었다.

어디까지나 겉으로 보기엔 그러하다.

그래 보인다.

침묵 속에 최고급 용정차의 향기에만 집중하고 있던 황제가 무거운 표정으로 중년 수사를 바라봤다. 먼저 침묵을 깨기로 마음먹은 것이다.

"동창 지밀대는 아직 짐의 것인 건가?"

"지밀대가 동창에서 독립한 건 아주 오래전의 일입니다. 이젠 전혀 관계가 없는 조직이라 할 수 있습니다. 하지만 여전히 지밀대의 전 조직은 황상 폐하의 충실한 신하들이라 할 수 있습니다."

"지밀대주, 자네 역시 마찬가진가?"

"송구스럽습니다만, 이번 일을 마지막으로 소인은 지밀대주 직에서 물러날까 합니다."

"황천을 떠나 다시 무림인으로 돌아가겠다는 뜻인가?"

"그렇습니다."

대답과 함께 지밀대주 소리산이 한차례 고개를 숙여 보였다. 정중하나 결코 비굴하진 않은 모습이다.

꿈틀.

황제가 그 모습을 묵묵히 지켜보다 볼살을 가볍게 떨어 보였다.

'오만한 무림이여! 이번에도 천하의 주인이자 제황인 내게 끝끝내 고개를 숙이지 않겠다는 뜻이더냐!'

화가 난다.

그것도 아주 많다.

하지만 황제는 곧 딱딱하게 굳었던 표정을 풀었다. 눈앞에 있는 소리산은 지밀대주이기 이전에 무림의 강력한 세력인 천마신교의 중추에 있던 인물이었다.

　비록 그의 행사가 마음에 들지 않는다곤 하나 무턱대고 화를 낼 순 없었다. 그러기엔 아직 마음에 걸리는 일이 있었다. 먼저 확인할 사항이었다.

　"북리 노야에 대해서 짐에게 할 말이 있다고 했었던가?"

　"그렇습니다."

　"말해보게."

　'황제… 이제부터 전할 내용을 들은 이후 나에 대한 처분을 결정하겠다는 거로군. 역시 몇 대에 걸친 황제들 중 오랜만에 현군이 나왔다는 말을 들을 만한 판단이로군.'

　내심 눈을 빛낸 소리산이 천천히 입을 열었다.

　"이미 진 왕야에게 보고를 받아서 아시겠지만, 제국의 가장 큰 우환이었던 오이랏은 한동안 국경을 어지럽히지 않게 되었습니다."

　"뭐라고? 자네 방금 뭐라 했는가!"

　"……."

　황제의 격렬한 반응에 소리산은 눈매를 가늘게 떠 보였다. 의외였기 때문이다.

　'설마 성마대공께서 그 같은 사실조차 황제에게 얘기하지 않았다는 건가? 북경 내에서 황천에 침투한 북리 노야의 세력을 모조리 격멸시키면서 그럴 수 있을 리가 없을 터인데…….'

소리산은 곧 자신의 판단을 보류했다.

태극무검 진자운.

무림에 모습을 드러낸 후 얼마나 많은 모사와 지자들의 뒤통수를 마음껏 두들겨 팼던 인물인가.

이제 와서 그에게 평범한 사람들과 같은 행동을 요구한다는 건 무의미한 일이었다. 그렇지 않기에 그는 당금의 천하제일인이었다.

소리산의 침묵이 길어지자 황제의 재촉이 더욱 극심해졌다.

"어째서 대답을 하지 않는 건가? 어째서 오이랏의 찢어 죽일 야선 녀석이 국경을 어지럽히지 않게 되었냐는 건지 내 물었지 않은가!"

"폐하, 언사가 좀……."

"언사?"

소리산의 지적을 들은 황제가 비로소 자신의 신색을 깨달았다. 지나치게 흥분한 탓에 일개 저잣거리를 나돌아다니는 왈패들 같은 말을 내뱉었다. 당황감에 안색까지 살짝 붉어졌다.

제황이 비록 무치(無恥:부끄러워함이 없다)라곤 하나 그건 어디까지나 말뿐이었다. 체면이란 걸 차리는 건 여느 백성들과 다름이 없었다.

"험험, 짐이 조금 흥분했었군, 흥분했었어. 하지만 자네가 말한 건 국가의 대사일세. 어서 짐에게 고하시게나."

"고하겠습니다."

다시 황제에게 고개를 숙여 보인 소리산이 만리장성을 넘은 후 진자운이 행한 일에 대해 빠짐없이 설명했다. 지밀대의 조직을 운용해 알아낸 일이란 것 역시 첨언했음은 물론이었다. 굳이 다시 천마신교로 복귀했다는 말까진 할 까닭이 없었기 때문이다.

그의 설명이 끝나자 황제가 두 눈 가득 눈물을 담은 채 절로 탄식을 터뜨렸다.

"놀랍구나, 놀라워! 짐이 평생에 걸쳐서 이룩하려 했으나 결국 할 수 없던 일이었거늘!"

"더욱 놀라운 사실은 진 왕야가 그 같은 사실에 대해 폐하께 전혀 고하지 않았다는 것입니다. 물론 그동안 황천 내에 깊숙이 파고들었던 북리 노야의 세력을 제거하느라 바빴을 것을 감안해야만 했을 테지만 말입니다."

"그건……."

잠시 말끝을 흐린 황제가 입가에 가벼운 한숨을 매달았다.

"후우, 짐이 정신을 차렸을 땐 이미 자운 아우는 조 군장과 더불어 모든 일을 끝맺고서 자취를 감춰 버렸다네. 나타날 때처럼 한줄기 바람과 같이 사라진 게야."

"역시 그렇군요."

"역시?"

황제가 얼굴을 소리산 쪽으로 살짝 기울였다. 평상시 어떤
일이 있어도 근엄함을 잃지 않던 모습과는 매우 동떨어진 모
양새다.

소리산이 말했다.

"진 왕야는 아마도 지금쯤 산서성을 향하고 있을 겁니다.
아니, 지금쯤이면 도착했을지도 모르겠군요."

"산서성이라면… 대녹림맹이란 무도한 역도들의 주둔지가
있는 곳을 말하는 건가?"

"그렇습니다."

"그렇다는 건 그 역도들의 뒤에 북리 노야가 있다는 뜻이
로군?"

"……."

소리산은 황제의 단정적인 말에 곧바로 대답하지 않았다.
그럴 수 없었다.

'위험! 위험! 장성이북 쪽, 오이랏으로부터의 위협이 한동
안이나마 수그러들게 되었다. 이 같은 때에 황제가 내정 쪽으
로 관심을 돌리게 된다면 오래된 무림과 황천 간의 불간섭 원
칙이 깨질 수도 있다. 필시 그 같은 유혹을 받게 될 거야.'

무림과 황천 간의 불간섭 원칙.

이는 참으로 오랫동안 지켜져 온 절대율이었다. 어느 한쪽
이라도 중원을 독식하려 할 시 내부 혼란으로 인해 번번이 외
세의 침입을 허용했던 과거의 전례가 있었기 때문이다.

하지만 진자운의 대활약으로 인해 현 제국은 지난 몇백 년
간 받아왔던 외세의 압박으로부터 한동안이나마 여유를 얻게
되었다. 무림을 무력으로 병탄하여 완벽한 통일제국을 이루
기에 더할 나위 없이 좋은 조건을 얻게 된 셈이다.

이 같은 점을 소리산이 모를 리 없다.

그는 잠시 염두를 굴린 후 흥분한 기색이 완연한 황제에게
말했다.

"폐하, 비록 대녹림맹의 배후에 북리 노야가 있다 해도 황
군을 움직여선 안 됩니다."

"그건 어째서 그렇지? 그들은 반란군이다! 장성이북의 오
이랏이 한동안 움직이지 않게 되었으니 당장 팔십만의 대병
을 차출한다면……."

"그 즉시 오이랏은 장성을 넘어 중원으로 침공해 들어올
겁니다."

"하지만 야선, 그는……."

"폐하께서 황군을 일으키시면 진 왕야는 곧바로 은거할 겁
니다. 결코 대녹림맹과 북리 노야를 직접 상대하려 하지 않을
겁니다. 당연히 오이랏의 야선 대칸은 아무런 걱정 없이 장성
을 넘지 않겠습니까?"

"그건… 그건……."

말을 더듬는 황제에게 소리산이 아이를 가르치듯 설명했
다.

"진 왕야에 대해서라면 소신이 조금 알고 있습니다. 그분은 본시 젊은 나이에 천하제일무인이 된 후에 곧바로 은거를 선택했습니다. 모든 명예와 영광을 뒤로한 채였습니다. 그러니 이번 역시 천하의 대란이 종식될 기미가 보인다면 분명히 곧바로 은거에 들어갈 겁니다. 예전과 마찬가지로."

"그럼 짐은 어찌해야 하는가?"

"황천무군으로 하여금 더욱 북경 안팎의 경계를 강화하고서 황천에 아직 남아 있을지도 모를 북리 노야의 잔당들을 발본색원하는 데 총력을 기울이시면 될 줄로 압니다. 그리하시면 진 왕야와 소신, 그리고 항주의 무림맹이 나서서 산서성에 집결한 역도들의 무리들을 뿌리 뽑을 것입니다."

"……."

이번에는 황제가 말이 없었다. 소리산이 한 말의 의미를 생각할 시간이 필요했기 때문이다.

그러나 아무리 생각을 거듭해 봐도 황제로선 손해 볼 것이 없는 일이다. 그야말로 손 안 대고 코를 푸는 격이었다. 방금 전 살짝 뇌리 속에 떠올랐던 무림병탄의 야망조차 깨끗이 잊어버릴 정도였다.

'단 한 발의 화살로 야선의 야욕을 꺾었다고 했던가? 설혹 이번 기회에 무림을 병탄한다 해도 자운 아우의 마음을 얻을 수 없다면 별무소용일 것이다. 어쩌면 그 화살이 날 향할 수도 있을 테니까 말야.'

현군답게 황제는 현실적인 선택을 했다.

건청궁 앞의 중문.

웅장한 석사자상에 몸을 비스듬히 기대고 있던 황천무군의 군장 조충환이 눈을 빛냈다.

'이제야 나오는가?'

그의 시선은 황제와의 긴 면담을 끝마치고 건청궁을 나선 외눈의 소리산을 훑고 있었다.

칼날과도 같은 눈빛.

흡사 베일 것만 같다. 그 같은 조충환의 시선을 목도한 소리산이 입가에 흐릿한 미소를 만들어냈다.

"조 군장, 설마하니 이 몸을 기다리고 있었던 건 아닐 테지요?"

"당연히 그대를 기다리고 있었지 않았겠는가?"

"그렇다면 일단 사죄를 드리겠소이다. 폐하께서 내주신 용정차의 향기가 너무 좋아서 시간을 너무 많이 지체했소이다."

"그래서?"

자신을 향해 다가오는 소리산에게 조충환이 한 가닥 기파를 쏟아내 걸음을 멈추게 만들었다.

"그래서라시면?"

조충환이 눈에 담긴 안광을 더욱 강렬히 만들었다.

"결국 황천을 버리고 무림으로 복귀하려는 것인가?"

"황상 폐하의 허락을 받았습니다."

"천마총에서 다 죽어가던 자네를 구하기 위해 황천이 치른 대가는 결코 적지 않았네. 이렇게 쉽사리 놔줄 성싶은가?"

"그야……."

소리산이 입가에 가벼운 미소를 짓다가 흠칫 안색을 굳혔다. 느닷없이 조충환에게서 쏟아져 나오던 기파가 두 배로 늘어났기 때문이다.

'날 이곳에서 죽일 작정을 하고 온 것인가?

가능성이 아주 없진 않다.

현 황제에게 있어 조충환은 충성스런 개와 같은 존재였다. 능력 역시 출중했다. 결코 쉬운 상대는 아니었다.

'그렇다 해도 무장. 모사의 세 치 헛바닥을 당해내기란 쉽지 않은 노릇이지…….'

슬쩍 고개를 들었던 근심을 대뜸 털어버린 소리산이 다시 입가에 미소를 만들어냈다.

"폐하는 영명하신 군주십니다. 조 군장이 함부로 그분의 어의를 거슬려선 안 될 것입니다. 불충(不忠)이니까요."

"불충? 네가 감히 내게 불충이라 말한 것이더냐!"

"그렇습니다. 불충이라고 했습니다."

여전한 소리산의 태도에 조충환이 살기에 가깝던 기파를 조금 수그러뜨렸다. 완전히 사람이 달라진 것 같다. 능소능대한 성격답다.

"말해보게!"

"나는 이 길로 곧바로 북경을 떠나서 산서성으로 향할 것입니다."

"방산으로 가겠다는 것인가?"

"북리 노야를 찾아갈 겁니다. 그래서 그의 명령을 받들 것입니다."

"어째서?"

"몰래 줄을 대고 있던 오이랏의 야선 대칸이 그에게서 떨어져 나갔습니다. 그리고 북경 일대 황천에 침투시켜 놨던 모든 세력 또한 진 왕야와 조 군장의 황천무군에 의해 일소되었으니, 이젠 그에게 남은 건 고작해야 대녹림맹과 내 지밀대 정도입니다."

"어쩔 수 없이 자네를 중용할 수밖에 없겠군? 자네에겐 근래 장악한 천마신교의 잔존 세력 역시 있으니까?"

"그렇습니다."

소리산의 태연한 대답에 조충환이 눈매를 살짝 가늘게 만들어 보였다.

'천마신교를 소리산이 장악했다는 건 아직 황상 폐하조차 모르고 계시는 일이다. 극비 중의 극비야. 그런데도 저리 태연하다니……'

조충환은 잠시 고민했다.

품 안의 맹금이란 본시 날려 보내주긴 쉽지만 다시 붙잡긴 어려운 법!

그러나 소리산이 제안한 계획은 무척이나 흥미로웠다. 군침이 돌았다. 북리단야의 무림 세력 모두를 무너뜨릴 수 있는 절호의 기회가 될 수도 있었기 때문이다.

'으음, 그렇다 해도 아쉽구나. 진 왕야만 계속 황천에 머물렀다면 절대로 이 위험한 자를 다시 무림으로 돌려보내진 않아도 되었을 것을⋯⋯.'

내심 입맛을 다신 조충환이 천천히 고개를 끄덕여 보였다.

"자네의 뜻은 충분히 알아들었네. 내가 도와줄 일은 없겠는가?"

"본시 무림과 관은 강물이 우물물을 넘보지 않는 것처럼 각자의 길을 갔습니다. 이제 황천의 쟁투가 끝이 났으니, 남은 일은 무림인 스스로가 해결하도록 하겠습니다."

"황천의 쟁투가 끝이 났다?"

"그렇습니다."

소리산이 조충환에게 한차례 고개를 끄덕여 보이곤 천천히 걸음을 옮겨 건청궁을 떠나갔다.

꿈틀.

조충환이 소리산의 뒷모습을 바라보다 볼살을 가볍게 떨어 보였다.

그를 떠나 눈앞에서 훨훨 날아가는 한 마리 맹금.

문득 강한 살심이 심중에서 치솟아올랐으나 손을 뻗어 잡을 순 없었다.

자금성을 빠져나온 소리산의 뒤로 문득 검은 그림자 하나가 모습을 드러냈다.

묵포사신 맹휘.

지밀대 십대고수의 수좌이자 한때 북리단야와 사례태감 유원익의 사이를 잇는 비밀 고수인 환사였던 자이다.

자신의 배후에 모습을 드러낸 맹휘를 향해 소리산의 담담한 목소리가 흘러들었다.

"맹휘, 자네도 참 바보로구만. 어째서 부귀영화를 포기하고 다시 무림인이 되려 하는 것이지?"

"바보니까 그렇습니다."

"허!"

소리산이 가볍게 웃음을 터뜨렸다. 그리 기분 나쁘지 않은 표정이다.

맹휘의 강철 같던 입매무새 역시 슬며시 미소를 담는다.

"나인준과 거령신권패 등을 비롯한 북경 부근의 지밀대 세력은 모두 황천무군에게 흡수당했습니다. 진 왕야의 명이 결정적이었던 것 같습니다."

"그런가? 하긴 성마대공의 그 압도적인 무위를 직접 목도한 자들이라면 그 매혹을 이겨내기란 쉽지 않은 일이었을 테지."

"그래도 속하는 끝까지 대주님을 따를 것입니다."

"고맙다는 말은 더 이상 하지 않겠네. 그리고 말야……."

잠시 말끝을 흐렸던 소리산이 슬며시 맹휘 쪽으로 시선을 던지며 흐릿하게 웃어 보였다.

"나는 이제 더 이상 지밀대주가 아니야. 그러니까 이제부터는 날 대주라 부르지 말라구."

"그럼 어찌?"

"신교의 교도들과 마찬가지로 태상마군(太上魔君)이라 부르면 돼."

"존명!"

맹휘가 허리를 숙이며 복명했다.

*　　　*　　　*

북경 외곽 하오문의 안가.

골방에 틀어박힌 진자운은 숨을 거둔 모용진천과 꼬박 사흘 밤낮을 함께했다.

생존 당시 금강불괴를 이뤘던 육체.

그렇다 해도 생기를 잃어버린 몸은 다른 시체들과 마찬가지로 천천히 썩어 들어갔다. 금강불괴를 가능케 만들었던 강력한 내공이 흩어져 버렸으니, 당연한 일이다.

타닥! 탁탁!

눈앞에서 불타오르고 있는 화염을 진자운은 묵묵히 지켜보고 있었다.

화장(火葬).

골방에서 빠져나오자마자 진자운이 선택한 모용진천의 장례 방식이었다. 사흘 만에 상당한 정도로 부패가 진행된 시신을 그냥 놔둘 순 없다는 판단이었다.

화장을 바라보고 있는 사람은 진자운뿐은 아니었다.

그의 배후로 녹림패도왕 철기량과 북천대룡 다루파—북경 일대 황천에 침투한 북리단야의 세력을 일소하는 데 있어 그의 활약은 눈부셨다—가 서 있었고, 한참 떨어진 곳에는 북경 하오문주인 금적왕과 항주 하오문주 노삼이 엉거주춤 서 있었다.

노삼이 금적왕에게 전음으로 말했다.

"그, 저기… 저 철 맹주 옆에 서 있는 큼지막한 덩치의 노인의 모습이 범상치가 않은데 설마……."

"북해빙궁의 궁주인 북천대룡 다루파 어른이 맞소이다."

"컥!"

전음상임에도 노삼은 숨넘어가는 소리를 터뜨렸다.

북천대룡 다루파.

전날 제이차 정마대전을 일으켰던 운남 만독문의 문주인 독효 갈홍경과 더불어 삼패에 속해 있던 절대고수다.

　서열로 보자면 창파검제 모용진천이나 녹림패도왕 철기량
보다 윗줄이다. 노삼 같은 하오문도로선 크게 놀라 사례가 들
지 않을 도리가 없다.

　금적왕은 착잡했다.

　진자운에게 부친인 야선 대칸에 관한 소식을 전해 들었다.
익히 짐작은 하고 있었지만, 그의 냉정한 포기에 가슴 한구석
이 쓰리지 않을 수 없었다.

　'그래, 이것으로 되었다. 내가 바라던 바야. 이제부터 당당
한 북경 하오문의 문주로서 새 삶을 영위할 수 있게 되었으니
더 이상의 것을 바라선 안 될 것이다.'

　금적왕은 내심 스스로 쓰린 마음을 달랬다. 그게 지금 그가
할 수 있는 일의 전부였다.

　그때 활활 타오르고 있는 불꽃 속으로 진자운이 불쑥 신형
을 날렸다.

　환상인가?

　문득 진자운이 뛰어든 불꽃 속에서 한 가닥 서기가 일어난
것 같았다. 분명 그래 보였다.

　하지만 곧바로 진자운이 불꽃 속에서 빠져나왔고, 그 같은
현상 역시 순식간에 사라졌다.

　진자운이 문득 소리쳤다.

　"노 문주, 준비한 걸 가져오시오!"

　"예? 예예예예!"

　노삼이 얼른 손에 들고 있던 단지를 들고 진자운에게 득달 같이 달려갔다. 화장으로 인해 한 줌의 뼛가루로 변한 모용진천을 위해 마련해 놨던 것이었다.

　노삼에게서 받아 든 단지 속에 모용진천의 뼛가루를 담고 단단하게 봉인을 한 진자운이 시선을 철기량에게 던졌다.

　"철 맹주, 난 지금부터 곧바로 산서성으로 갈 거요. 따라가시겠소?"

　"진 대협이 친히 녹림의 불쌍한 산적 놈들을 때려잡으러 가겠다는 것이오?"

　"불쌍한 녹림의 산적들?"

　철기량의 말을 슬쩍 되뇌인 진자운이 입가에 나직한 코웃음이 걸렸다.

　"흥, 녹림의 흉악무도한 산적들이라고 하는 편이 옳지 않겠수? 언제부터 녹림의 산적들이 불쌍한 적이 있었단 말이오? 죄없는 양민들이나 습격해서 피 빨아먹고 사는 처지에."

　"그, 그야……."

　철기량이 말문이 막혀 더듬거리자 진자운이 퉁명스레 말했다.

　"뭐, 그건 됐고. 지금 산서성 쪽으로 무림맹이 중심이 된 정파 연합군이 몰려가고 있다고 들었수다. 그러니 그곳에 모용 맹주 역시 있을 테니, 모용 가주님의 유체를 모셔가는 게 당연하지 않겠수."

"그, 그런데 나는 어째서?"

"산서성은 본래 철 맹주의 북녹림맹의 영역이잖수? 당연히 정파 연합군과 대전이 벌어지기 전에 어떻게든 수습을 해야 하지 않겠냐는 거요. 철 맹주의 그 '불쌍한 산적들' 이 무참히 도살당해서야 너무 '가엾지' 않겠수."

"……."

진자운의 연속적으로 강조된 말에 철기량의 안색이 일시 울긋불긋하게 변했다. 그의 퉁명스런 말속에 담겨 있는 속뜻을 눈치 챘기 때문이다.

'그 망할 가 대형 때문에 북녹림맹을 비롯한 녹림의 형제들은 이번에 큰 고초를 당하게 되었다. 어쩌면 정파 연합군과 관의 정규군의 합공을 당해 떼도살을 당하게 될지도 몰라. 그런데 진 대협은 지금 내게 그 같은 일은 없을 거라고 말해주고 있구나. 전날 강남대전에서 남녹림맹에게 은정을 베풀었던 것처럼…….'

철기량의 두 눈이 붉게 물들었다. 물기 역시 살짝 엿보였다. 그 정도로 깊은 감동을 받은 것이다.

진자운이 여전히 퉁명스레 말했다.

"그래서 날 따라 산서성으로 가겠다는 거요? 말겠다는 거요?"

"가, 가겠소이다! 내 진 대협의 뒤를 바짝 따르겠소이다!"

"진작 그리 말할 것이지."

어깨를 한차례 으쓱해 보인 진자운이 이번엔 시선을 뚱한 표정을 숨기지 않고 있는 다루파에게 던졌다.

"다 선배, 빙공 말고도 은신술이나 살법이 제법이시더군요? 이번의 대활약은 잘 전해 들었습니다."

"흥, 자네가 부탁해서 하긴 했네만……."

"불쾌하셨다면 이대로 다시 북해로 돌아가시던가요."

"부, 북해로 돌아가라니……."

"불쾌하셨다메요?"

"아닐세. 그렇지 않네."

다루파가 언제 뚱한 표정을 짓고 있었냐는 듯 재빨리 손사래를 쳤다. 진자운이 진짜로 자신을 중원에서 쫓아낼까 봐 겁을 먹은 것이다.

히죽!

진자운이 입가에 평소 같은 미소를 만들고 말했다.

"처음부터 얘기했잖습니까? 내 뒤를 따라오는 대가는 꽤 비쌀 거라고요."

'아직 심득을 채 녹여내지 못했으니…….'

다루파는 내심 중얼거리며 불만을 삭였다. 그때 진자운이 말을 이었다.

"다 선배도 저와 함께 산서성으로 가십시다. 아무래도 일이 너무 커져 버려서 손이 많이 필요할 것 같으니까요."

"자네와 녹림패도왕에다가 나까지… 천하를 뒤집어놓기라

도 할 셈인가?”

“수많은 사람들의 목숨을 구하는 일입니다. 천하를 뒤집어놓는 것보다 훨씬 중요한 일이지요.”

“…….”

다루파는 그동안 진자운과 함께하면서 그의 품성을 어느 정도 파악한 상태였다.

제멋대로 휘몰아치는 바람.

진자운이란 인물을 설명하는 데 더할 나위 없이 들어맞는 표현이었다. 세상에서 말하는 인의나 도덕 따위로 움직이거나 할 사람이 아니란 뜻이다.

'흐음, 그런데 도대체 얼마나 많은 인명이 달린 일이기에 이 제멋대로인 녀석이 이리 심각해졌누? 역시 북리 노야인가 하는 노괴 때문이렷다!'

진자운을 따라 만리장성을 뛰어넘은 후 황천과 북리단야 간의 갈등과 대립을 더욱 자세히 파악하게 된 다루파는 크게 호기심이 동하는 걸 느꼈다.

자신을 가볍게 물리친 진자운조차 긴장하게 만든 북리단야에 대한 궁금증이었다. 호승심 역시 조금쯤 끼어들어 있었음은 물론이다.

끄덕.

침묵을 깨고 고개를 한차례 주억인 다루파가 말했다.

“자네를 따르며 한 약속이 있으니 내 따르도록 하겠네. 단,

한 가지 약속을 해주게."

"안 됩니다."

"나, 아무 말도 안 했네만?"

"북리 노야와 맞붙어보고 싶은 거 아닙니까?"

"그, 그렇네만……."

"북리 노야는 내 겁니다. 다른 사람한테 절대로 내줄 수 없습니다."

"끄응."

다루파가 나직이 신음을 토했다. 진자운의 얼굴에 떠올라 있는 진지한 기운을 느낄 수 있었기 때문이다.

진자운이 이번엔 노삼에게 시선을 던졌다.

"노 문주, 현재 정파 연합군 중 무림맹의 주 전력은 어디까지 이르렀소이까?"

"아마도 지금쯤이면 거의 산서성의 영역에 이르렀을 것입니다. 소인이 철 맹주님과 함께 항주를 떠나기 전에 이미 출발했으니까요."

"모용 맹주가 앞장섰을 테지요?"

"그렇습니다. 삼기령과 각 당, 각 단, 각 대의 병력 삼천 명의 고수들을 이끌고 항주를 떠나셨습니다."

"그러면 구파일방과 팔대세가를 필두로 한 정파의 각대문파들은 어찌 움직이고 있소이까?"

"남북 개방과 각 지역의 하오문의 도움을 받아서 산서성의 방산을 중심으로 십팔로의 대진격을 하고 있다고 들었습니다.”

“대녹림맹의 대응은?”

“대녹림맹의 두 축 중 하나인 장강수로십팔채의 수적들이 전력으로 진격을 막고 있긴 하나 역부족으로 각개격파당하고 있고, 나머지 녹림도들은 방산 부근으로 속속 집결하고 있는 것 같습니다. 아무래도 산서성 일대에서 제 마음대로 날뛰다가 관군들과 여러 차례 충돌을 일으켰고, 남북 개방과 하오문까지 등을 돌린 터라 세력을 하나로 집결시키는 쪽으로 방향을 선회한 걸 거라 사료됩니다.”

“그렇다는 건 현재 대녹림맹이 독 안에 든 쥐 꼴이 됐다는 뜻이로구만?”

“겉으로 보기엔 그렇습니다. 하지만 방산 부근으로 집결하고 있는 대녹림맹의 군세가 거의 십만에 육박하고 있다고 알려졌습니다.”

“십만?”

“최소한으로 잡아 그렇다는 겁니다. 그러나 산서성 방산을 중심으로 포위망을 좁혀오고 있는 정파 연합군은 기껏해야 일만이 채 되지 않는다고 알려졌습니다. 그것도 그중 상당수는 남북 개방과 군소문파에 속한 이, 삼류의 무인들인지라…….”

“산중대호를 잡기 위해 참새 잡이용 그물을 드리운 셈이

될지도 모르겠다는 말이오?"

"…그럴 수도 있습니다."

노삼이 조금 끄는 듯한 대답과 함께 어깨를 가볍게 움찔거렸다. 혹시라도 자신의 정세 판단이 현 정파제일인이라 할 수 있는 진자운의 심사를 건드릴 수도 있다는 판단이었다.

긁적.

진자운은 그저 목젖을 손가락으로 긁을 뿐이다. 노삼이 걱정했던 분노의 기운 따윈 눈을 씻고 봐도 보이지 않는다.

'역시 진 대협! 대범하고 마음이 넓어!'

노삼은 내심 진자운에게 엄지손가락을 들어 보였다. 진심으로 감탄한 표정 역시 숨기지 않았다.

그때 진자운이 목젖에서 손가락을 떼곤 말했다.

"노 문주, 그래서 말인데, 금적왕과 함께 힘 좀 써줘야 할 것 같소."

"예?"

"노 문주와 금적왕이 함께 손을 잡고 대강남북의 하오문도들을 끌어 모아서 정파 연합군의 머릿수를 채워줘야겠다는 거요."

노삼의 얼굴이 새파랗게 질렸다.

"진 대협, 하오문도들은 본시 싸움을 잘 못합니다. 일류 수준의 무력을 가진 자들조차 각 성이나 대도의 하오문 중에서도 그리 많지 않습니다. 어찌 무림대전에 끼어들 수 있겠습니까?"

"쯧, 겁먹기는! 걱정 마쇼. 하오문도들에게 피투성이 싸움을 강요하진 않을 테니까."

"그, 그럼 어떻게?"

"하오문도들은 그냥 머리 숫자만 채워주면 되는 거요. 나머진 정파 연합군의 모용 맹주와 내가 처리할 테고 말요."

"그렇게 말씀하시지만……."

"내가 약속했소! 믿고 따르기만 하면 되는 거요!"

"……."

노삼이 얼떨결에 고개를 연신 주억거렸다. 여전히 대답은 없었으나 응낙을 한 것임에 다름이 없었다.

금적왕이 눈살을 가볍게 찌푸렸다. 얼떨결에 한 수 아래라 여겼던 노삼과 함께 엮어진 게 불만스러웠다. 그렇지만 그는 현재 진자운에게 완전히 코가 꿰인 상황이었다. 쉽사리 반대를 말할 순 없었다.

'그냥 이번 일로 셈셈을 치기로 하지. 그게 오히려 편할 수도 있고.'

금적왕은 속 편하게 생각하기로 했다.

다음날.

진자운이 지난 닷새간 머물렀던 북경 하오문의 안가에서 몇 차례에 걸쳐 사람들이 빠져나갔다. 각자의 사연과 목적을 지닌 채였음은 물론이다.

＊　　　＊　　　＊

천하에 몇 없다 알려진 명마 설리총 위.

봉황이 수 놓여진 영웅건으로 머리를 단정하게 묶고, 바람을 막는 피풍의를 걸친 모용청려가 앉아 있다.

절대적인 미와 위엄.

어느 하나 쉽지 않은 두 가지 기운을 자연스레 뿜어내고 있는 그녀의 뒤로는 수천에 이르는 대병이 따르고 있다. 항주 무림맹에서 닥닥 긁어온 삼기령을 위시한 정예 무사들임은 두말하면 잔소리일 터다.

다각! 다각!

모용청려의 심령과 반응을 보이는 듯 설리총은 결코 빠르게 걸음을 내딛지 않는다.

위풍당당하게 앞으로 나아가되 뒤따르는 무사들과의 간격을 생각해 주는 사려 깊음을 보여준다.

방산으로 향하는 관도 주변에 늘어서 있는 민가에 피해를 주지 않으려는 의지 역시 마찬가지다.

'산서성까지 달려오는 동안 내가 지휘를 맡은 무림맹의 정예는 최대한 민가에 피해를 주지 않기 위해 최선을 다했다. 그래도 이곳까지 이르는 동안 자잘한 사건이 끊임이 없었어.

다른 방향에서 포위진을 좁혀오고 있는 문파의 병력들은 별 문제없이 이동하고 있는 것인지 모르겠구나.'

정파 연합군.

과거 무림을 떠들썩하게 만들었던 일차 정마대전 이후 사마외도의 세력을 토벌할 때마다 결성되기 시작한 정파의 정예대병을 뜻한다.

당연히 정파 연합군이 한차례 움직임을 보이면 가히 폭풍과 같이 주변 지역을 초토화시키곤 했다. 전쟁이 벌어진 것이나 다름없었다.

적어도 느닷없이 엄청난 숫자의 무인들이 무리 지어 이동하고 싸움을 벌이는 곳에서 삶의 터전을 영위하던 민간인들에겐 그러했다.

정사(正邪)?

삶의 터전을 잃어버리고 쫓겨나야만 하는 사람들에겐 결코 다름이 없었다. 똑같이 창칼을 들고 날뛰는 나쁜 놈들일 뿐이었다. 결코 부인할 수 없는 사실이다.

하물며 이번에 결성된 정파 연합군은 역대 최대의 규모를 자랑한다.

무려 십팔로에서 만여 명이 넘는 숫자가 산서성의 방산을 향해 진군하고 있었다. 모용청려가 민간인들의 피해를 염려하는 것은 결코 무리한 일이 아니었다.

그때 상념에 젖어 있던 모용청려 쪽으로 적갈색을 띤 대완

구를 탄 옥성 사태가 다가왔다. 설리총에 버금가는 혈통을 지닌 명마인만큼 걸음걸이가 빠르면서도 안정적이다.

"맹주님, 눈앞의 산등성이만 넘으면 진중(陣中)입니다. 곧 날이 저물 시간이니, 내일 날이 밝은 연후에 진중으로 진입하시는 게 어떻겠습니까?"

'별일이군. 그런 걸 내게 다 묻고…….'

모용청려와 옥성 사태는 아직도 소원한 상태를 계속 유지하고 있었다. 서로 웬만해선 말도 나누지 않았다.

당연히 항주를 떠나 이곳에 이르기까지 웬만한 작전의 제반 사항이나 무림맹 전력을 움직이는 것은 옥성 사태가 거의 혼자서 처리하고 있었다. 모용청려는 그저 전군의 선두에 선 채 말을 몰고 있을 뿐이었다.

"진중에 혹여 무슨 안 좋은 일이라도 있는 건가요?"

"야간에 산길을 이동하다가 혹여 야습이라도 당할 것을 걱정할 따름이라고 생각해 주시면 안 되겠습니까?"

"내가 그리 생각하길 바라시는 건가요?"

"그렇진 않습니다."

옥성 사태가 얼른 자신이 한 말을 부인했다. 그러려면 어째서 말을 꺼냈는지 싶다.

모용청려가 눈으로 대답을 종용하자 옥성 사태가 얼굴에 슬며시 난처한 기색을 만들어냈다.

"수일 전 점창낙안 단연경 대협으로부터 빈니에게 전언 하나가 전해졌습니다.”

“사태가 근래 들어 진군을 서두른 것과 연관이 있는 건가요?”

“그렇습니다.”

모용청려의 옥용이 살짝 찌푸려졌다.

불길하다.

왠지 절대로 있을 수 없고 있어서도 안 될 일이 벌어진 것만 같다.

옥성 사태가 그 같은 모용청려의 불안을 확인시켜 줬다.

“이십여 일 전 방산 부근에서 대혈전이 벌어졌습니다. 대녹림맹의 주력인 장강십마룡과 십로철군대가 몽땅 동원된 일전이었다고 합니다.”

“상대는?”

“맹주님께서 예상하셨듯 모용 노가주님 일행이었습니다.”

“으음…….”

모용청려의 입술 새로 가느다란 신음이 흘러나왔다. 불길한 그림자가 가슴속을 천천히 잠식해 온다.

그러나 그녀는 무림맹주다.

평범한 아녀자가 아니었다. 그리될 수 없고, 되어서도 안 되었다.

곧 평정을 회복한 그녀가 말했다.

“아버님과 장 동생은 어찌 되었죠?”

"단연경 대협의 전언에 의하면 방산에서의 대혈전 끝에 일행들은 뿔뿔이 흩어졌다고 합니다. 그 와중에 모용 노가주님과 장자경 소협도 행방이 묘연해졌는데……."

옥성 사태가 그녀답지 않게 말끝을 흐리자 모용청려의 눈빛이 날카로워졌다.

"어찌 된 거죠?"

"모용 노가주님의 행방은 아직도 수소문하고 있는 중이옵고, 장자경 소협은 가까스로 찾아내기는 하였는데 조금 문제가 발생한 것 같습니다."

"장 동생이 심한 부상이라도 당한 건가요?"

"육체적으론 문제가 없는 것 같습니다만, 아무래도 정신적으로 큰 타격을 입은 것 같습니다. 단연경 대협과 철무한 령주를 알아보지 못했다고 하더군요."

"그뿐만은 아닌 것 같은데요?"

"장자경 소협은 단연경 대협과 철무한 령주를 공격했습니다. 만약 두 사람이 연수합공을 하지 않았다면, 생사를 장담치 못했을 정도로 과격한 공격이었다고 하더군요."

"그럼……."

"단연경 대협의 전언에 의하면 장자경 소협은 두 사람의 합공을 뚫고 도주했는데… 진중에서 그리 멀지 않은 장소에서 추격에 실패했다고 합니다."

모용청려는 비로소 옥성 사태가 자신에게 찾아온 저의를

눈치 채곤 눈빛을 가볍게 흩뜨렸다.

'나로 하여금 진중에 머물게 한 연후에 군사를 진중으로 움직여서 이지를 잃어버린 장 동생을 사로잡을 계획을 세울 셈이었구나. 그래야 후일 진 사형에게 할 말이 생길 테니까. 하지만 장 동생은 무슨 일을 겪었기에 이지를 잃어버렸을까? 아버님은 또 어디로 사라지신 거고.'

모든 것이 혼란스럽다. 완전히 헝클어져 버린 느낌이다. 그래도 결정은 내려야만 했다.

"내일까지 확실히 일을 처리할 수 있는 건가요?"

"단연경 대협과 철무한 령주는 계속해서 장자경 소협의 뒤를 쫓고 있었습니다. 이제 다수의 병력 지원까지 얻게 된다면 이지를 잃어버린 장자경 소협을 찾는 건 여반장처럼 쉬운 일일 것입니다."

"믿겠어요."

모용청려가 결국 천천히 고개를 끄덕여 보였다. 어찌 됐든 일단 장자경을 찾아내는 것이 우선이란 판단이었다.

◆ 第七十五章 ◆
건곤일척(乾坤一擲)의 전야(前夜)

건곤일척(乾坤一擲)의 전야(前夜)

양옆에 북천대룡 다루파와 녹림패도왕 철기량을 거느린 채 진자운은 빠르게 산서성으로 향했다.

세 명의 절대고수.

서로 앞서거니 뒤서거니 하며 신형을 날리니 흡사 세 개의 유성이 하늘을 가로지르는 듯했다. 어떤 것도 세 사람의 앞을 가로막지 못했다.

그 와중에 진자운은 중간중간 몇 가지 일 처리를 했다.

작은 거지, 큰 거지, 어린 거지, 청년 거지, 늙은 거지, 뚱뚱한 거지, 홀쭉 마른 거지 등등…….

그는 닥치는 대로 길 가다 만나는 거지들을 붙잡고 명령을 내렸다. 그들에게 동일한 내용을 전달했다. 반드시 누군가의 귀에 들어가게끔 종용해 댔다.

그렇게 며칠이 지나갔다. 북경을 떠나 산서성으로 향한 지 닷새가 지나갈 무렵이었다.

"잠시만 쉬어갑시다!"

육지비행술인지 축지법인지 헷갈리는 신법을 이용해 바람처럼 공간을 단축하고 있던 진자운이 갑자기 멈춰 섰다. 지난 닷새간 그다지 없던 일이다.

스슥! 슥!

진자운을 쫓느라 정신없던 다루파와 철기량이 연달아 공중에서 떨어져 내렸다.

아주 조금이지만 선후는 분명하다.

으쓱!

자신보다 아주 조금 늦게 떨어져 내린 철기량을 다루파가 오만하게 바라보며 어깨를 추어 올렸다. 무공의 격차가 분명하니 까불지 말라는 뜻이다.

철기량으로선 그다지 억울할 게 없다. 다루파와 그는 거의 반 배분 정도의 차이가 난다. 비록 같은 구주이십오성에 속했었다곤 하나 나이라던가 무림에서의 활동 시기 등에 있어 같이 어깨를 나란히 할 수 없는 측면이 있었다.

'떨그럴, 그다지 경쟁 심리 같은 건 없는데… 늙은이가 꽤

스레 혼자서 흥분해 가지고선……'

그래도 마음 한구석은 은근히 기쁘다.

절대지경에 오른 후 맞닥뜨린 거대한 벽, 패도의 경지를 어느 정도 맛보게 된 까닭이다.

'이것도 다 진 대협 덕분이지. 당시 천목산에서 진 대협에게 한차례 된통 당하지 않았다면 어찌 내가 지금 삼패 중 일좌였던 북천대룡과 어깨를 나란히 한 채 내달릴 수 있겠어.'

진자운을 바라보는 철기량의 흉맹한 고리눈에 묘한 기광이 어렸다. 딴에는 흠모의 심정을 담은 눈빛이나 다른 사람이 보기엔 그저 두 눈을 잔뜩 부라리고 있는 것이나 다름없다.

'이놈이 감히!'

철기량에게 확실한 선배 대접을 받기를 원하고 있던 다루파의 얼굴에 노기가 어렸다. 철기량이 진자운을 바라보는 시선이 마음에 들지 않았기 때문이다.

피핏!

일시 다루파에게서 일어난 차디찬 빙기(氷氣)가 화살처럼 철기량에게 달려들었다.

지척지간.

피하고 자시고 할 새도 없다.

철기량은 오싹한 소름을 느끼자마자 황급히 내기를 끌어올려 호신강기를 형성시켰다. 그게 최선이란 판단이었다.

그러나 다루파가 일으킨 빙기는 북해의 전설로 알려진 만

년빙정의 정화가 담긴 빙백현공이었다. 일반적인 호신강기로 막아낼 수 있는 성질의 것이 아니었다.

'웃!'

철기량은 순식간에 뼛골까지 얼리며 파고든 빙기에 놀라 황급히 신형을 뒤로 물렸다.

자연적으로 그리되었다.

정신보다 몸이 먼저 반응을 보인 셈이다.

다루파에겐 그 정도로 충분했다. 특별히 철기량을 심하게 다치게 할 요량이 아니었던 만큼 추가적인 공세를 펼 까닭은 없었다.

'흐흠, 별것도 아닌 것이 까불고 있어!'

다루파가 다시 어깨를 한차례 추어 올렸다. 황급히 물러서 내력까지 운기해서 체내에 파고든 빙기를 몰아내고 있던 철기량으로선 억울하기 짝이 없는 노릇이다.

하지만 나이와 무공이 깡패라 했던가!

철기량은 강북 녹림을 호령하던 과거의 괄괄한 성미를 부리지 못하고 입술만 한일자로 만들어 보였다. 그게 지금 그가 할 수 있는 일의 전부였다.

한데, 갑자기 철기량을 바라보고 있던 다루파가 시선을 거둬 진자운 쪽으로 던졌다. 무언가를 포착해 낸 까닭이다.

'허어, 상당히 강한 기세를 뿜어내는 고수가 이쪽으로 다가오고 있잖은가……'

철기량 역시 살짝 늦게 깨달았다.

'응, 이 기세는…….'

그때 무심히 북쪽 방면 하늘을 지켜보고 있던 진자운이 목청을 돋워 소리쳤다.

"빨리 오쇼! 왜 이렇게 더딘 거요!"

'아는 사이란 건가?'

'약속이라도 해놨던 건가?'

다루파와 철기량의 시선이 일제히 진자운을 향했다. 두 사람을 긴장시킬 정도로 강력한 기세를 지닌 고수의 출현을 진자운이 이미 예상하고 있었다는 걸 뒤늦게 눈치 챈 것이다.

문득 북쪽 하늘에서 천리전음으로 된 늙수그레한 목소리가 울려 퍼졌다.

"진 대협, 어째서 가엾은 거지새끼들을 핍박했는가! 십만 남북 개방의 큰 거지, 작은 거지, 늙은 거지, 어린 거지들의 동냥 그릇을 깨버리겠다니! 너무 지나친 처사가 아닌가 말야!"

'허어, 그래서 그동안 거지들을 그리 붙잡아들였던 것인가? 그런데 개방 중에 이 정도의 고수가 아직 남아 있었던 건가?'

'남북 개방 중에 이 정도의 고수라면 그 늙다리밖엔 없는데…….'

다루파와 철기량이 내심 눈을 빛내고 있을 때였다. 천리전음의 불평을 전해 들은 진자운이 귀를 소지로 천천히 후벼 보였다. 표정 역시 심드렁하다.

"그러게 어째서 혼자서 신비한 척하면서 모습을 드러내지 않은 거요? 빨리빨리 내 앞에 모습을 드러냈으면 좋았을 거 아뇨?"

"그런 적반하장(賊反荷杖)이!"

"거지 주제에 문자 쓰지 마쇼, 안 어울리니까."

"크억!"

괴성에 가까운 마지막 고함은 천리전음이 아니었다. 그사이 수백 장이나 되는 거리를 단축해 모습을 드러낸 것이다.

슈악!

모습을 드러내자마자 하늘에서 세 차례나 신형을 회전시킨 늙은 거지가 진자운 앞에 떨어져 내렸다. 현 남북 개방 최고의 배분 자이자 전 구주이십오성에 속해 있던 풍운신개 취불옹이 모습을 드러낸 것이다.

"아!"

진자운이 갑자기 경탄을 터뜨리더니, 귓구멍을 후비던 소지를 쑥 빼냈다.

손톱 끝에 커다란 귓밥이 딸려 나왔다.

왕건이다.

진자운이 훅 하고 귓밥을 불어버리자 취불옹이 쏜살같이 그에게 다가들었다. 당장 진자운과 한판 붙기라도 할 것 같은 기세다. 그만큼 격노한 상태였다.

그러나 그는 곧 진자운에게 다가가던 속도보다 훨씬 빨리 뒤로 물러나야만 했다. 그럴 수밖에 없었다.

느닷없이 날아든 빙기와 무형의 강기!

어느 하나 취불옹이 경시할 수 없을 정도의 위력이 담겨져 있었다. 평생 경험해 보지 못한 충격이다. 경악할 만한 문제에 봉착하고 말았다.

'이, 이게 무슨 괴변이란 말인고!'

취불옹은 황급히 뒤로 물러서면서도 시야 확보에 주력했다. 자신에게 느닷없는 일격을 가한 암습자들을 확인하기 위함이었다.

"엥?"

취불옹은 당황했다.

너무 쉽사리 암습자들을 발견할 수 있었다. 굳이 감각을 활성화시킬 필요까지도 없었다. 진자운의 배후에 우두커니 서 있었기 때문이다.

그 순간 다루파와 철기량이 비호처럼 신형을 움직였다. 진자운을 지나쳐 단숨에 취불옹을 제압해 들어갔다. 독수리가 병아리를 낚아채기 위해 움직이는 듯하다.

"케엑! 켁!"

취불옹의 입에서 연달아 비명이 터져 나왔다.

절대지경에 오른 자신을 압도하는 고수 두 명의 합공이라니!

꿈에서조차 경험해 본 적이 없는 일이다. 꿈이라 해도 악몽 중의 악몽이다.

"그만!"

막 취불옹을 합공으로 짓밟아 버리려던 다루파와 철기량을 제지한 건 진자운이었다.

그가 버럭 소리를 지르자 단숨에 취불옹의 무형지기를 찢어발기며 지척까지 이르렀던 두 사람이 재빨리 뒤로 물러났다. 마치 처음부터 계획했던 일처럼 손발이 착착 맞는다.

스슥! 슥!

진자운이 그림자의 잔영만을 남긴 채 자신의 배후로 돌아간 다루파와 철기량에게 경고하듯 말했다.

"내 손님입니다. 그렇게 함부로 나서면 곤란하지 않겠습니까?"

"미안하게 됐네."

"용서하시오."

다루파와 철기량이 각자의 방식대로 사과를 했다. 만약 두 사람의 정체를 아는 사람이라면 경악하고야 말 모습이다.

취불옹이 경계심 어린 표정으로 말했다.

"진 대협, 혹시 함께하고 있는 두 분 고수의 정체가……."

"빙궁주님하고 철 맹주십니다."

"컥!"

취불옹이 또다시 숨 막히는 소리를 냈다. 혹시나 해서 질문을 던진 것인데, 역시나다. 의혹이 풀리긴 했으나 오싹한 소름이 돋지 않을 수 없다.

그러나 진자운은 취불옹의 그 같은 내심 따윈 관심없다. 그동안 계속해서 거지들을 핍박해서 그를 불러낸 건 목적이 있어서였다.

슥!

한 걸음을 내딛어 취불옹의 바로 코앞까지 이른 진자운이 고개를 불쑥 들이밀었다.

"요즘 바쁘시다고요?"

"그, 그게……."

"봉황여제 모용 맹주가 내 사매올시다. 선배가 남북 개방을 연합시켜서 정파 연합군의 정보와 각 문파 간의 연락을 맡게 했다는 사실은 이미 알고 있는 거니까 말 돌리기로 시간 낭비 같은 건 하지 맙시다."

진자운과 모용청려가 같은 사부를 뒀다는 건 무림 중에 아는 자가 거의 없는 일이다. 상당한 비밀이라고 할 수 있었다.

하지만 취불옹은 남북 개방의 모든 정보를 취할 수 있는 위치에 있는 인물이었다. 사적인 정보통을 통해서 진자운과 모용청려의 범상치 않은 관계를 어느 정도까진 파악해 놓은 상황이었다.

'그렇다 해도 이같이 중요한 정보를 내놓는다는 건 필시 날 굳게 믿는다는 것이겠지? 만약 수틀릴 경우 날 제압할 자

신감도 있는 것일 게고.'

어찌 생각하면 참으로 기분이 나쁜 일이다. 적어도 한때 천하제일을 꿈꾸던 취불옹 같은 절대고수에겐 그러하다.

'태극검선 허공 진인과 논검비무를 한 이후 그 같은 허황된 꿈은 이미 버린 지 오래다!'

내심 고개를 가볍게 내젓는 것으로 무인으로서의 자존심을 땅바닥에 내동댕이친 취불옹이 입가에 한숨을 푹 매달았다.

"후우, 그래서 원하는 게 뭔가?"

"그렇게 나오셔야 시원하지!"

진자운이 나직이 소리친 후 취불옹의 귓전에 은근한 목소리로 중얼거렸다.

"곧 중원 하오문도들이 대대적으로 정파 연합군에 참전할 겁니다. 그걸 선배가 잘 정리정돈해 줘야만 하겠습니다."

"하오문도들이 어째서 정파 연합군에 참전한다는 건가? 그들이 무슨 무력이 있어서?"

"그냥 머릿수만 채우는 개념입니다. 그들더러 싸우라고 하진 않을 겁니다."

"머릿수만 채운다?"

"그렇습니다. 개방도들처럼요. 그리고 또 한 가지!"

"또?"

"예. 선배하고 빙궁주, 철 맹주가 함께 정파 연합군의 최선봉을 서주십시오. 사방에서 한꺼번에 달려들어서 방산에 집결한 대녹림맹을 윽박지르는 겁니다.”

“사방이라면, 다른 한 방향은 진 대협, 자네가 맡을 건가?”

“아니오. 나는 따로 맡을 사람이 있습니다.”

“그럼 봉황여제에게 맡길 작정인가? 하지만 내 알기로 아직 모용 맹주는 무위가 절대지경에 이르진 않았다고 아네만?”

“선배가 제대로 봤습니다. 아직 모용 사매는 그 정도 무위가 되지 않지요. 그래서 다른 분을 또 한 명 초빙할 생각입니다.”

“누구?”

“전대 무림맹주 어르신이요.”

“……”

취불옹이 입을 가볍게 벌리곤 두 눈을 크게 깜빡거렸다. 진자운이 천하무림의 최강 고수들을 한꺼번에 집결시키는 것도 놀라웠지만, 그 연유를 이해할 수 없었기 때문이다.

진자운이 설명하듯 말했다.

“대녹림맹에 모여든 녹림도들의 숫자가 십만은 족히 넘는다고 들었습니다. 맞습니까?”

“그, 그럴 걸세.”

“설마하니 그 많은 산도적들을 몰살시킬 생각은 아니시겠죠? 정말 그럴 작정이라면 정파 연합군의 주축인 구파일방과 팔대세가를 비롯한 각대문파들도 그만한 피의 대가를 각오해야만 할 거니까요."

"그, 그야 딴은 그렇네만……."

"그래서 하오문도들과 남북 개방도들, 그리고 선배와 빙궁주, 철 맹주, 각원 대사 같은 절대고수들이 필요한 겁니다. 피의 강을 이루는 대혈전 없이 이번 대전을 끝내기 위해서."

"허!"

취불옹이 자신도 모르게 감탄성을 입 밖으로 내뱉었다. 진자운이 내세운 대의명분이 그의 늙은 가슴을 크게 진탕시켰기 때문이다.

진자운이 한마디 첨언했다.

"이번 대전은 대녹림맹의 맹주인 녹림용제 가첨수와 또 한 사람! 황제가 되고 싶어서 미친 늙은이 한 명을 죽이는 걸로 끝낼 겁니다. 내가 그리할 작정입니다."

"내, 내 최선을 다해 돕겠네! 아무렴! 돕고말고!"

취불옹이 감격한 표정으로 소리쳤다. 그의 몸속에 잠들어 있던 협객의 피가 데워지다 못해 펄펄 끓어올랐다. 삽시간에 십수 년은 젊어진 듯했다.

그 모습을 바라보는 두 사람, 다루파와 철기량이 내심 고개를 끄덕였다. 그들 또한 진자운이 내세운 계획의 장대함과 의기에 가슴 한 켠이 뭉클해져 왔다.

'과연 대단하구나, 대단해! 중원은 진정 또 한 명의 위대한

영웅을 배출해 냈다!'

'과연 진 대협! 태극검해의 주인답구나! 우리 산도적들을 위해서 이리 신경 쓰시다니!'

세 명의 절대고수는 진자운을 중심으로 품 자형을 이룬 후 온몸으로 감동을 나타냈다. 그게 지금 그들이 할 수 있는 일의 전부였다.

그 중심.

진자운은 전날 모용진천과 함께했던 사흘간을 떠올리며 내심 눈살을 가볍게 찌푸려 보였다.

'쳇. 만약 북리 노야, 그 미치광이 늙은이가 그 망할 검을 마구 휘둘러대면 방산은 삽시간에 시산혈해(屍山血海)로 변할 거야. 여기 있는 누구도 그 검을 막아내진 못할 테니까. 그러니 결국 어쩔 수 없이 또 내가 몸빵을 할밖에. 마선(魔仙)의 경지에 이른 그 미치광이 늙은이의 검을 막을 수 있는 건 내 태극무한신공밖엔 없는 것 같으니까 말야.'

진자운은 내심 투덜거리며 고개를 절레절레 흔들었다.

왕식렴을 붙잡고, 얼굴이 망가진 동생 장자경의 색싯감을 찾기 위해 나선 강호행이다. 어쩌다가 이리 복잡하게 꼬여 버렸는지 알다가도 모를 지경이었다.

그러나 본래 진자운은 이런 걸로 크게 고민을 하는 성격이 아니다.

곧 심중에서 인 고민을 털어낸 진자운이 하늘을 힐끗 바라봤다.

두둥실 떠다니는 구름 하나.

문득 바람이고 싶어진 진자운이 여전히 감동에 젖어 있는 세 명의 절대고수를 일별한 후 갑자기 신형을 하늘로 띄워 올렸다.

슉!

"나는 곧바로 모용 사매를 찾아갈 겁니다! 세 분은 미리 설명한 대로 움직이시기 바랍니다!"

'……'

'……'

'……'

세 명의 절대고수의 귓전을 때린 건 삽시간에 시야 속에서 사라진 진자운의 천리전음이었다. 성급하면서도 갑작스레 이별을 맞게 된 것이다.

*　　　*　　　*

방산.

대녹림맹의 중심인 방산 산채는 근래 들어 도산검림으로 화해 있었다. 가히 천연의 요새나 다름없을 정도로 삼엄한 경계가 사방팔방, 거미줄같이 펼쳐진 상황이었다.

그럴 수밖에 없다.

대녹림맹이 정식으로 태동한 후 방산으로는 계속해서 꾸역꾸역 녹림도들이 몰려들고 있었다. 각지에 퍼져서 활동하던 자들이 하나의 세력으로 집결하기 시작한 것이다.

그 숫자는 대략 잡아도 십만 이상.

어떻게 보든 일반적인 무림문파나 방파라 부르기엔 지나치게 과한 숫자다. 아주 훌륭한 반란 세력이라 해도 과언이 아니었다. 얼마 전 산서성의 도지휘사와 포정사사에서 토벌군을 일으킨 것도 무리는 아니라 할 수 있었다.

어쨌든 산서성을 중심으로 집결한 대녹림맹의 녹림도들은 장강과 거미줄처럼 이어져 있는 대운하의 물류 이동을 계속 방해했다. 대륙 전체를 혼란으로 몰아넣기에 가장 효과적인 방법이 바로 그것이었기 때문이다.

덕분에 대강남북의 각 성읍에서는 식량 값이 폭등하고 사재기가 성행하며, 매점매석이 기승을 부렸다. 물류의 유통이 끊기자 한탕주의자들과 악덕 상혼들이 판을 치기 시작했다. 혼란기엔 어쩔 수 없이 벌어지곤 하는 일이었다.

게다가 설상가상이랄까?

산서성의 포정사사와 도지휘사에서 일어난 토벌군이 천재지변을 만나서 정예 선발대를 잃고 곧바로 대녹림맹에게 기습을 당했다. 철저하게 부서지고 깨졌다. 세간의 예상을 깬 일방적인 승부였다.

녹림도들은 광분했고, 천하는 바짝 긴장했다.

설마설마 했던 일.

반란이 실제로 일어난 것이다.

그와 더불어 항주 무림맹에서 무림맹주 봉황여제 모용청려의 일갈이 터져 나왔고, 제삼차 정파 연합군이 결성되었다. 산서성을 향해 천하 각지에 흩어져 있던 정파의 대문파들이 포위망을 구축해 들어오기 시작했음은 물론이었다.

건곤일척의 전야(前夜)!

슬슬 무르익어 가고 있었다. 태극검해의 신화로 인해 지속됐던 십여 년간의 평화가 막을 내리고 있음이었다.

"이런……."

대녹림맹의 모사 만총은 언제나와 마찬가지로 꼼꼼하게 서류를 정리하던 중 나직이 혀를 찼다.

하나하나 쌓여 있는 서류들.

각자 그다지 큰 연관성을 갖지 못하는 사건과 기록들이다. 최소한 일반인이 보기엔 그렇다.

그러나 모사란 이런 별다른 연관성이 보이지 않는 문자의 나열 속에서 대맥과 흐름을 파악해 내는 존재다. 그런 걸 하지 못한다면 머리로써 세상을 사는 자라 할 수 없다.

만총 또한 그와 같은 자다.

그는 자신의 앞에 산처럼 쌓여 있는 서류 더미 속에서 하나의 커다란 흐름을 파악해 냈다. 하나같이 지금 그가 몸담고 있는 대녹림맹에 불리한 사항들뿐이다. 그같이 안 좋은 흐름을 파악해 낸 것이다.

톡톡!

만총이 손가락으로 자신의 머리를 몇 차례 두들겼다. 번개같이 머리를 굴리고 열심히 고심한다. 그게 그가 해야만 하고, 맡겨진 일이다.

그때 그의 집무실 밖에서 나직한 목소리가 들려왔다.

"용사 곽휴와 혈음조 담요는 하나같이 걸출한 인물들이지. 그들과 함께하면서 용케도 아직까지 목숨을 연명하고 있었지 않은가?"

'이 목소리는……'

만총의 시선이 재빨리 집무실의 문 쪽으로 향했다. 벌써 의자에서 절반쯤 몸이 일어서 있기도 하다. 목소리의 주인이 누군지 확실하게 눈치 챈 까닭이다.

삐걱!

기다렸다는 듯 문이 열렸다. 그리고 모습을 드러낸 이는 만총의 예상과 한 치의 오차도 없는 사람이었다.

"대, 대주님! 어찌 이런 곳까지……"

평상시 어떤 일이든 자신만만하던 사람답지 않게 만총이 말을 더듬거렸다. 예상을 하고 있었건만 직접 목도하고 보니, 마음이 조금 당황스럽다.

소리산이 그런 만총에게 다가서며 입가에 미미한 미소를

만들어 보였다.

"그동안 보고는 잘 받아봤네. 내 기대를 저버리지 않고 훌륭히 임무를 수행했더군."

"그렇지도 않습니다."

만총이 역시 어울리지 않은 겸양을 보이며 소리산에게 자리를 권했다. 마치 학당의 학생이 스승을 맞이한 것이나 다름없는 모습이다.

소리산이 대뜸 자리를 잡고 앉은 채 만총에게 맞은편 자리를 가리켜 보였다. 어서 와서 앉으란 뜻이다.

만총이 얼른 그리했다.

곧바로 소리산이 본론을 끄집어냈다.

"대녹림맹은 지밀대의 중원 각 지부를 완벽하게 흡수한 건가?"

"그런 줄로 압니다. 혈음조 담요의 주도하에 지밀대의 정보 체계와 무력 단체를 빠르게 흡수했습니다. 대주님의 상징인 지밀령의 역할이 절대적이긴 했지만 말입니다."

"그리 훈련받았으니 당연한 일일 테지. 한데, 자네가 어째서 내게 계속 따로 보고서를 보낸 거지?"

"그야……."

잠시 말끝을 흐린 만총이 슬며시 바닥에 손가락으로 글자를 적었다. 혹시라도 누군가 두 사람의 대화를 엿듣는 것에 대한 대비였다.

소리산이 만총이 손가락으로 적은 글귀를 눈으로 살피곤 입가에 깃들어 있던 미소를 더욱 짙게 만들었다.

'역시 이자는 제법 쓸 만해, 그냥 버리는 말로 사용하기엔 아까울 정도로.'

내심 중얼거린 소리산이 말했다.

"근방 십 장 안에 초절정 급의 고수는 존재하지 않네. 자네는 굳이 다른 수단을 쓰지 않아도 될 것이야."

"그럼 바로 보고 올리겠습니다! 비록 대주님의 지밀령이 발동하긴 했으나 제가 보기엔 조금 일 처리가 이상했습니다. 어찌 대주님께서 황천에 속한 지밀대를 반역 세력인 대녹림 맹에 흡수하게끔 명령을 내리시겠습니까? 이건 아무리 생각해도 납득할 수 없는 조치였습니다."

"그래서 내게 따로 보고서를 보냈다?"

"그 외에 한 가지 이유가 또 있습니다. 저는 비록 지밀대에 속한 자이지만, 사적으로 대주님을 존경하고 있습니다. 어떤 상황에 처한다 해도 대주님의 뒤를 따르겠다는 의지를 보여 드리고 싶었습니다."

"그렇군."

소리산이 천천히 고개를 끄덕여 보였다. 꽤나 낯이 뜨거울 만한 말을 들었음에도 얼굴 표정 하나 변함이 없다. 그저 태연하게 현 상황을 받아들일 따름이다.

'과연!'

만총의 얼굴에 흠모의 표정이 떠올랐다. 소리산에 대한 그의 마음은 그야말로 절대적인 충성심과 경애, 그 자체였다.

소리산이 말했다.

"만총, 자네도 내가 본래 어디에 속했던 자인지 알고 있을 테지?"

"천마신교를 말씀하시는 겁니까?"

"그래. 나는 본래 황천의 지밀대주가 아니라 마도제일세 천마신교에 속한 자였네. 그리고 지금은 다시 황천을 버리고 천마신교로 돌아갔지. 자네는 그런데도 나를 계속 따를 텐가?"

"물론입니다! 만총, 소리산 대주님을 뵌 그 순간부터 한평생을 바칠 각오를 하고 있었습니다!"

"좋아."

한마디로 만총의 충성 맹세를 받아들인 소리산이 곧바로 명령을 내렸다.

"나는 지금부터 녹림용제와 그의 사부인 북리 노야를 만나러 갈 것이야. 자네는 대녹림맹에 흡수된 지밀대의 정보 조직을 모조리 회수하도록 하게."

"대녹림맹의 눈과 귀를 멀게 할 작정이십니까?"

"대녹림맹의 눈과 귀를 내 수중에 넣은 후 몇 가지 협상을 벌일 작정이야. 자네를 돕기 위해 맹휘가 이곳에 남을 걸세."

"맹휘라면… 묵포사신 맹휘를 말씀하시는 겁니까?"

"그래."

소리산의 대답이 떨어진 것과 동시였다. 만총의 배후로 검은색 그림자 하나가 모습을 드러냈다.

묵포사신 맹휘다.

그의 느닷없는 등장에도 만총은 그리 크게 놀라지 않았다. 소리산쯤 되는 거물이 홀로 다닐 리 없다. 방금 전 자신의 대답 여하에 의해 목숨이 거둬질 수도 있었음 역시 알고 있었다.

'그게 당연한 일일 테지.'

내심 고개를 끄덕인 만총이 눈을 빛내며 소리산에게 말했다.

"대주님, 묵포사신을 제가 마음대로 사용해도 되겠습니까?"

"물론. 그리고 이제부터는 날 대주라고 칭하지 말게나."

"앞으론 주군이라 부르겠습니다."

"뭐, 그것도 나쁘진 않겠지."

간접적으로 만총의 청을 받아들인 소리산이 슬쩍 자리를 떨치고 일어섰다.

만총과의 볼일은 이것으로 끝이었다.

'녹림용제 가첨수도 대단한 인물이지만, 북리 노야는 대단히 상대하기 까다롭다. 늙은 요괴나 다름없어. 하지만 내 반

드시 삼촌설을 이용해 그를 구워삶고 말리라!'

만총과 맹휘의 배웅을 받으며 소리산은 내심 염두를 굴렸다. 입가에 깃든 자신감 넘치는 미소는 여전했다.

*　　　*　　　*

두두두두두!

삽시간에 관도를 먼지 구덩이로 만든 대녹림맹의 군세는 족히 수만을 헤아리고 있었다.

지난 사흘.

치명적인 자연재해—북리단야가 펼친 무형검에 의해 일어난 지진—로 인해 정예병의 대부분을 잃어버린 산서성 포정사사와 도지휘사의 토벌군과 격전을 벌인 끝이다.

대녹림맹의 군세는 하나같이 살기등등했고, 피로 온몸을 적시고 있었다. 첫 번째 관군과의 격전을 대승으로 장식한 이후이니만큼 사기 역시 하늘을 찌를 정도다.

그 선두에 늠름하게 자리한 녹림용제 가첨수의 얼굴에는 다소 피로한 기색이 머물러 있었다.

격전의 후유증?

절대지경에 오른 대고수인 가첨수에게 그런 게 남아 있을 리 없다. 가당치도 않다. 아무리 수만이 넘는 대병과의 대결이었다곤 하나 일방적인 싸움이었다. 며칠이 지난 이때까지 피로가 남아 있을 리 만무했다.

그러나 가첨수는 지금 확실히 피로했다.

육체적인 문제가 아니다.

그는 정신적으로 지극한 피로를 느끼고 있었다.

바로 며칠 전 피를 피로 씻는 대혈전을 벌였다. 그리고 그 와중에 수만이 넘는 관군을 피구덩이 속에 처박았다. 자신을 믿고 목숨을 맡긴 녹림도들의 피해를 최소한으로 만들기 위한 어쩔 수 없는 선택이었다.

'그렇다 해도 초전부터 너무 많은 피를 흘렸다. 사부님에 의해 정예를 대부분 잃어버린 토벌군에겐 너무 가혹한 싸움이었어. 비록 사부님의 명대로 초전을 대승으로 장식하긴 했지만……'

가첨수는 스스로를 천하의 대기(大器)라 자부하고 있었다.

용상을 노리는 건 결코 만용만은 아니었다. 그 자리에 어울릴 만큼의 도량과 능력, 그릇을 가지고 있다고 믿었다. 세간의 평가 역시 그리 다르지 않았다.

당연히 천하를 얻기 위해선 무수히 많은 피와 시체의 길을 걸어가야만 한다는 걸 알고 있었다. 천하를 노리는 자라면 결코 피할 수 없는 숙명 같은 것이었다.

하물며 그는 사부 북리단야와 함께 반역의 깃발을 들어 올린 상황이었다. 이 정도의 살육전이 벌어지리란 걸 익히 알고 있었다.

분명 그랬었다.

하지만 각오만을 다졌던 때와 실제로 피부에 와 닿은 현실은 또 달랐다.

절규! 절규! 절규!

무수히 많은 휘하의 녹림도들을 독려하며 양손 가득 피를 묻혔다. 가장 앞장서서 토벌군의 전열을 무너뜨리고 적의 수장을 붙잡아서 머리를 부쉈다. 전의를 상실케 함으로써 빨리 승패를 가름 짓기 위함이었다.

그 결과는 믿기 힘들 정도의 대승이었다. 산처럼 쌓아 올린 시체와 강처럼 흐르는 핏물이 부상으로 따라왔다. 가첨수와 그의 녹림군은 완전무결한 승리자가 되었고, 지금 승전가를 우렁차게 불러제끼고 있었다.

한데 이렇게 계속 시체의 산을 쌓으며 천하를 벌벌 떨게 만들면 용상의 자리를 얻을 수 있는 걸까?

그 점이 가첨수를 혼란스럽게 했다.

그는 초전의 대승에 마음껏 즐거워할 수 없었다. 자신이 마치 피에 굶주린 혈귀가 된 것 같은 불쾌감을 쉬이 떨쳐 버릴 수 없었기 때문이다.

'사부에게서 도망쳐 강호에 출도한 후 무수히 많은 싸움을 경험했다. 하지만 이번처럼 약자를 철저하게 짓밟은 적은 없었다. 그건 내 방식이 아니야. 그런데 어째서 나는 사부의 명을 거역할 수 없었을까?

답을 모르진 않는다.

다만 답답하고 불쾌한 심사로부터 잠시나마 벗어나고 싶을 뿐이었다.

한데, 그때다.

묵묵히 말을 몰며 상념 속에 잠겨 있던 가첨수의 귓전으로 익숙한 천리전음이 파고들었다.

"북서 방향으로 오 리(五里) 밖, 죽림에서 기다리고 있으마."

'사부…….'

가첨수는 자신에게 토벌군을 상대할 것을 명한 후 홀연히 모습을 감췄던 북리단야의 부름에 얼른 표정을 일신했다.

평소보다 두 배쯤 형형해진 안광.

백만대군조차 압도할 듯 강렬하게 발산되기 시작한 패도.

가첨수는 얼굴에서 번민의 기색을 깨끗이 지워내곤 자신의 뒤를 따르던 총사 담요를 손짓해 불렀다.

"담 총사, 잠시만 군의 통수권을 맡기겠네."

"존명!"

담요가 고개를 숙이며 복명했다. 가첨수의 명에 일말의 의구심도 품지 않는다.

그런 담요를 일별한 가첨수가 슬쩍 발끝으로 말의 안장을 찍더니, 곧바로 하늘을 향해 솟아올랐다.

비천등룡(飛天騰龍).

용상을 노리는 자가 펼칠 만한 신법이다.

죽림(竹林).

바람에 흩날리는 대나무들이 만들어내는 그림자가 흡사 한 폭의 그림을 보는 것 같다. 그것도 바둑을 두며 도란도란 얘기를 나누는 백발의 노인들이 포함되어 있다면, 한 폭의 신선도라 할 만하다.

그러나 사정은 조금 달랐다.

백발의 선풍도골인 노인이 한 명 있기는 한데, 그의 양손에는 각기 두어 개씩의 인두(人頭)가 들려져 있다. 잘린 지 얼마 되지 않은 듯 표정까지 생생하니 살아 있다.

목불인견(目不忍見).

누구라도 지금 죽림의 한가운데 유유자적하니 서 있는 노인과 그의 손에 들려 있는 머리통들을 보자면 그리 생각할 터다. 신선도가 아니라 악귀도나 지옥도라 함이 옳다.

휘스스스스!

무심한 바람 하나가 죽림을 스쳐 지나갔다.

대나무와 대나무를 부딪치게 만들고 시원스런 소리를 냈다. 마치 눈앞에 펼쳐져 있는 살풍경한 광경 따윈 깨끗이 잊으라고 소리치는 것 같다.

"허어, 녀석도! 천천히 와도 되는 것을 이리 급히 달려오다니……."

북리단야는 나직이 혀를 찼다.

죽림을 뒤흔들고 사라진 바람의 마지막 자락이 눈에 보이기라도 하는 것 같다. 꼭 그런 느낌을 풍긴다.

그때 또다시 죽림 속으로 바람 하나가 파고들어 왔다.

그저 대나무들을 흔들리게 하고 맞부딪쳐 소리를 내뱉게 만들었던 저번 바람과는 다르다. 한줄기 광풍이 죽림 안으로 파고들더니, 돌개바람이 되어 부근을 노닐다 곧 하나의 사람 그림자를 만들어냈다.

슉!

죽림 안에 등장할 때의 요란함을 깨끗이 지운 가첨수가 산뜻하게 착지함과 동시에 북리단야에게 부복했다. 보고 역시 이어졌다.

"제자, 사부님의 명대로 수일 전 산서성 방면의 토벌군을 격멸시키고 복귀했습니다!"

"수고했구나."

"사부님께서 손수 토벌군의 최정예를 괴멸시켜 주신 덕분에 매우 손쉬운 싸움을 할 수 있었습니다."

"천하의 주인을 바꾸기 위한 성전(聖戰)이니라. 수많은 인명이 산화하였거늘 어찌 손쉬운 싸움이라 할 수 있겠느냐? 첨수, 네 마음이 크게 상했을 것임을 잘 알고 있느니라."

"……."

가첨수는 일시 북리단야가 뱃속의 회충 같다는 생각을 했
다. 그렇지 않고서야 어찌 이리 속마음을 손바닥 보듯 읽을
수 있단 말인가.

가첨수가 침묵을 고수하자 북리단야가 수중에 들려져 있
던 인두들을 바닥에 내던졌다.

투툭! 툭!

아무렇게나 바닥을 나뒹구는 몇 개의 인두를 눈으로 살핀
가첨수가 의혹 어린 시선을 북리단야에게 던졌다.

"사부님, 이자들은……."

"하남과 섬서의 도지휘사와 포정사사의 우두머리들이니
라."

"아!"

가첨수의 얼굴에 반색이 떠올랐다.

하남성과 섬서성은 산서성과 바짝 붙어 있는 성(省)이었다.
만약 이들이 황제의 명을 받고 일제히 군사를 일으킨다면, 심
히 곤란한 일이 될 터였다.

'사부님은 진정 이대로 녹림 십만대병을 이끌고 북경을 향
해 진군할 작정이시구나!'

언제 번민에 휩싸였냐는 듯 가첨수의 얼굴은 생생하게 살
아나고 있었다.

황천쟁패(皇天爭覇)!

얼마나 오랫동안 꿈꿔왔던 일인가.

한데, 그때 북리단야가 천천히 고개를 가로저어 보였다.

"첨수야, 오이랏의 야선과 북경의 정일로부터 소식이 끊겼구나. 아무래도 황천쟁패의 대계(大計) 중 상당 부분이 어그러진 것 같구나."

"어찌 그런……."

"필시 태극무검 진자운, 그자가 개입했을 테지. 그렇지 않고선 야선과 정일을 동시에 침묵시킬 수 있을 만한 실력자가 중원에 또 있을 리 없으니까."

"……."

가첨수 역시 진자운에 대한 명성은 아주 오래전부터 들어왔다. 천하가 인정한 당세제일인이니만큼 모를 리 없었다. 충분할 정도로 인정도 하고 있었다.

하지만 북리단야가 어떤 사람인가!

세월을 뛰어넘는 노괴(老怪)이며 마신(魔神)이나 다름이 없었다. 이미 무위가 인간의 범주를 뛰어넘은 지 오래였다. 자부심이 하늘을 찌르는 그가 진자운을 대단히 크게 인정하는 듯한 발언을 하자 묘한 위화감이 느껴졌다.

'태극무검 진자운, 일개 무부가 과연 그 정도의 인물이란 말인가? 천하의 대기라 생각했던 나조차 사부의 안중에 남지 않을 정도로…….'

가첨수의 고심이 깊어질 무렵, 북리단야가 입가에 흐릿한 미소를 만들어냈다. 방금 전에 부정적인 발언을 한 사람답지 않은 변화다.

"어쨌든 덕분에 일이 재밌게 됐다. 그동안 황천의 그림자 속에서 일만 꾸미는 것도 슬슬 지겨워지고 있었거늘… 이번 기회에 화끈하게 싸워봐야겠구나."

"사부님, 그렇다면 황천과 전면전을 벌이시겠다는 겁니까?"

"그전에 하룻강아지같이 산서성으로 몰려들고 있는 정파 연합군부터 박살 내야겠지. 그리되면 태극무검 진자운, 그자도 어쩔 수 없이 황천을 벗어나 산서성으로 달려올 수밖에 없을 것이다. 비록 황천과 연관되긴 했으나 그자의 본질은 무림인이니까 말야."

"분명 그럴 것입니다. 태극무검 진자운, 그 역시 정파인이니까요. 게다가 현 무림맹주인 봉황여제 모용청려와 태극무검 진자운은 과거부터 꽤나 각별한 사이였다고 들었습니다. 정파 연합군이 위기에 빠진다면 결국 산서성으로 달려오지 않을 수 없을 겁니다."

"그래, 분명 그럴 것이다. 그러면 내 날파리처럼 달려드는 무리들을 압도적인 힘으로 괴멸시킨 후 황제와 천하의 주인을 가리는 대회전을 벌일 것이니라."

"제자, 그때까지 사부님의 뒤를 믿고 따르겠습니다!"

"오냐."

부복한 자세 그대로 고개를 숙여 보이는 가첨수를 향해 북리단야가 천천히 고개를 끄덕였다.

자애로운 표정의 사부와 충실한 제자.

주변에 나뒹굴고 있는 머리통들이 만들어낸 광경과는 도저히 어울리지 않는 모습이었다.

◆ 第七十六章 ◆　눈물이 주룩주룩

“우아아! 우아아아아!”

울부짖음이 천지를 뒤흔든다. 가슴속을 가득 메운 슬픔을 주체치 못하는 부르짖음이다. 원망이다. 호소였다.

모용청려는 자신의 눈앞에 펼쳐진 광경을 목도하곤 입술을 가볍게 벌렸다.

놀람?

아니다. 그런 게 아니다.

그녀는 두 눈 가득 눈물이 차 오르는 걸 참기 위해 입을 벌렸고, 곧 입술을 지그시 깨물었다.

그럴 수밖에 없었다. 그녀는 자신의 슬픔을 타인에게 내보일 수 없는 무림맹주였다. 감정의 격류에 함부로 자신을 내던져 버릴 순 없다.

문득 그녀의 배후로 옥성 사태가 다가들었다.

전방에서 시선을 떼지 않은 채 모용청려가 질문을 던졌다.

"어쩌다가 저리된 건가요? 아니, 언제부터 저리 하고 있었던 거죠?"

"보시다시피 철무한 령주와 단연경 대협이 장자경 소협을 발견한 직후부터입니다. 빈니가 시의적절하게 원군을 보내서 부근에 천라지망을 펼치지 못했다면… 아마도 장자경 소협을 또다시 놓치고 말았을 거라 사료됩니다."

"장 동생이 저리된 건 역시 등에 업고 있는 시체 때문인가요?"

"예, 그런 것 같습니다. 추정키로 시체의 주인은 검각의 감여설이라 사료됩니다만……."

"그렇겠죠. 지금은 당시의 꽃다운 모습은 하나도 남아 있지 않지만. 후우."

"……."

모용청려가 끝에 매단 한숨을 옥성 사태는 침묵으로써 받아들였다. 혜관음이라 불리는 그녀조차 현재 어찌 일을 처리해야 할지 갈피를 잡지 못하고 있는 듯하다.

'비구니인 사태가 남녀 간의 절절한 애정을 이해한다는 건 애초에 무리한 일이었을 테지…….'

모용청려가 옥성 사태에게 시선을 한차례 던진 후 단호하게 명했다.

"일단 포위망을 구축만 하고 장 동생을 자극하지 말도록 하세요. 내가 직접 나서서 장 동생을 설득할 테니까요."

"그건 곤란합니다."

"어째서죠?"

모용청려가 반대 의사를 분명히 한 옥성 사태를 다시 바라봤다. 표정이 심상치 않다.

그러나 옥성 사태가 모용청려와 대립한 게 이번 한 번뿐이 아니다. 근래 들어 심심치 않게 충돌해 왔다. 이번이라 해서 다를 건 없었다.

"장자경 소협을 가로막아 섰던 무림맹 삼기령 소속 무사들 중 상당수가 큰 부상을 입었습니다. 그중에는 천기령의 중천위 령주도 포함되어 있을 정도입니다."

"그래서 나 역시 못 믿겠다는 건가요?"

"맹주님은 정파 연합군을 이끌고서 곧 대녹림맹과 대전을 벌이셔야 할 몸이십니다. 어찌 사사로이 위험에 노출되실 수 있겠습니까?"

"폭주하고 있는 장 동생조차 제지하지 못하는 사람이 어찌 녹림용제와 맞상대할 수 있죠? 사태는 너무 날 우습게보시는군요!"

"어찌 빈니가 감히! 다만 빈니는 장자경 소협을 굳이 맹주님과 우리 정파 연합군이 맞상대할 필요는 없다고 생각할 따름입니다.”

모용청려의 아미가 살짝 치켜 올라갔다.

“그건 또 무슨 소리죠?”

옥성 사태가 혜지 어린 눈을 빛내며 모용청려의 분노 어린 시선과 마주했다.

“장자경 소협의 현 상태는 폭발하기 일보 직전의 활화산이나 다름없습니다. 누구든 손만 대면 그 화를 몽땅 감수해야 하지요. 그러니 우리는 천라지망을 좁히다가 한쪽 방면을 틔워줌으로써 장자경 소협의 폭발을 다른 쪽으로 돌려야만 합니다.”

“방… 산 쪽으로 말인가요?”

“그렇습니다.”

“이!”

모용청려는 자신도 모르게 손을 들어 올렸다.

우웅!

자연스레 일어난 공력이 백옥같이 하얀 손에 운집되어 가벼운 공명을 일으킨다. 이제 손을 떨쳐 면전에 있는 옥성 사태의 천령개를 내려치기만 하면 그녀의 목숨을 거둘 수 있을 터였다.

옥성 사태는 모용청려로부터 시선을 거두지 않았다. 오히려 더욱 혜지 어린 눈에 광채를 더했다.

"방산 일대로 몰려든 녹림도들의 숫자가 물경 십만에 달한다고 합니다. 얼마 전엔 녹림용제 가첨수 맹주가 직접 수만의 녹림군을 이끌고 출병하여 산서성 방면에서 일어난 관의 토벌군을 궤멸시켰다는 첩보도 날아왔습니다. 과연 이 같은 상황 속에서 일만 남짓한 정파 연합군이 대녹림맹과의 대전에서 승리할 수 있을 거라 생각하십니까?"

"그래서!"

버럭 목청을 높인 모용청려가 차갑게 옥성 사태를 쏘아보며 말했다.

"무림의 정의와 평화를 지키기 위해 존재하는 우리가 사랑하는 사람을 잃고 미쳐 버린 청년의 광기까지 이용하자는 건가요? 그런 건가요!"

"물론입니다. 부처님께서 가라사대 '내가 지옥에 들어가지 않으면 누가 있어 그곳을 향하랴' 라 하셨습니다. 대녹림맹이 일으킨 이번 난(亂)을 평정하기 위해서 빈니는 이용할 수 있는 건 모조리 이용할 참입니다. 그래서 수없이 많은 생령들의 목숨을 구할 수만 있다면 반드시 그리할 것입니다."

"사태는 정말 무섭군요……."

"그게 바로 무림맹의 총군사가 된 자의 본분이옵니다. 부디 맹주님께서도 사정(事情)을 버리시고 사소취대하시기 바랄 따름입니다."

"사소취대… 사소취대……."

모용청려의 목소리에서 힘이 빠져갔다. 옥성 사태의 완벽한 논리를 경험한 게 이번뿐은 아니다. 아주 많았다. 하지만 가슴을 후벼 파는 듯한 이 고통은 무언가.

그녀는 자신을 옭아매고 있는 무림맹주란 직위에 숨이 막혀왔다. 당장이라도 옥성 사태가 내세우는 완벽한 논리로부터 벗어나고 싶었다.

그럴 수 없음을 알기에 더욱 간절했다.

진정 그랬다.

한데, 그녀가 어떠한 결정도 내리지 못하고 몸만을 가느다랗게 떨고 있을 때였다.

문득 완벽한 천라지망 속에서 제멋대로 미쳐 날뛰고 있던 장자경이 바닥에 풀썩 무너져 내렸다. 그 큰 몸이 바닥에 그대로 꼬라박혀 버렸다.

'어떻게?'

'어째서?'

진땀을 뻘뻘 흘리면서도 장자경의 움직임과 행로를 봉쇄하고 있던 단연경과 철무한의 뇌리에 불쑥 스쳐 지나간 의문이다. 장자경과 가장 지근거리에 있었음에도 도대체 무슨 일이 벌어진 것인지 파악하지 못한 까닭이다.

그때 그들의 그 같은 의혹을 풀어주기라도 하려는 듯 천라지망 속으로 한 명의 사나이가 떨어져 내렸다. 수백 장도 더 되는 거리에서 화살처럼 기파를 쏘아내 장자경을 제압한 진자운이었다.

'진 사형……'

모용청려는 진자운의 느닷없는 등장을 확인한 후 갑자기 목이 메이는 걸 느꼈다.

그리움과 미안함.

그녀는 당장 진자운에게 달려가 그의 품에 안기고 싶은 충동과 더불어 시선을 외면하고 싶은 마음을 동시에 느꼈다. 지나치게 가혹한 눈앞의 현실이 그녀를 그리 만들었다.

옥성 사태는 오히려 침착해졌다.

'진 대협이 이 같은 시기에 정파 연합군에 들어온다는 건 그야말로 백만대군을 원군으로 얻은 것과 다름없다. 하지만 그의 성격은 그야말로 종잡을 수 없는 터. 동생인 장자경 소협의 광증을 보고 어떤 결정을 내릴지 도무지 짐작키 어렵구나.'

옥성 사태는 내심 염두를 굴린 후 시선을 모용청려에게 던졌다. 그녀를 이용한 미인계는 아직 유효하다는 판단이었다. 단지 한 가지 위험 요소가 없진 않았다.

'맹주님은 이제 더 이상 날 신임하지 않으신다. 진 대협이나 장자경 소협에 관한 일로 완전히 마음이 틀어져 버렸어. 그러니 이번엔 오히려 진 대협을 자극해서 스스로 정파 연합군을 이끌게 만드는 쪽으로 일의 가닥을 잡는 것이 옳을 것

이다.'

항주 무림맹을 떠나기 전에 몇 차례에 걸쳐서 생각하고 또 생각한 끝에 얻은 결론 중 하나다.

어떠한 상황이 벌어지더라도 그에 대한 대비책은 이미 마련되어져 있다는 뜻이다.

그러니 지금과 같은 느닷없는 진자운의 등장으로 인해 달라질 건 아무것도 없었다.

재빨리 생각을 정리한 옥성 사태가 입가에 담담한 미소를 매달았다.

'어찌 됐든 모든 건 내 계획대로 될 것이다!'

"여어!"

진자운은 피투성이가 된 채 숨을 헐떡이고 있는 철무한과 안색이 창백한 단연경에게 손을 들어 보였다.

표정 역시 밝다.

장자경의 폭주를 막다가 거의 진력의 극한까지 끌어다 쓴 철무한과 단연경의 입장에선 밉살스럽지 않을 수 없는 모습이다.

'제기랄, 그놈의 웃음은!'

'미소가 참으로 밝군! 아주 밝아!'

철무한이 입술을 비죽거리고 있는 동안 단연경은 얼른 진자운에게 다가갔다. 포권과 함께 장자경에 대한 우려 섞인 말이 이어진다.

"진 대협, 영제(令弟)가 등에 업고 있는 분은 아무래도 감 소저 같소이다."

"그렇구만."

진자운이 천천히 고개를 끄덕여 보였다. 여전히 입가엔 미소가 매달려 있으나 왠지 조금 슬퍼 보인다.

'진 대협도 사람이긴 하군.'

내심 고개를 끄덕인 단연경이 슬그머니 목소리를 낮췄다.

"그런데 함께 북경으로 떠났던 육 도장은 함께 오지 않은 겁니까?"

"육 도장은 내 따로 부탁한 일을 처리하느라 함께하지 못 했소이다."

"무슨 일을?"

"사적인 부탁이오."

진자운이 설명을 하지 않자 단연경도 더 묻기를 포기했다. 뭔가 사연이 있다는 판단이었다.

"저기 그럼……."

"……."

다른 질문을 던지려던 단연경이 입을 벌린 채 말끝을 흐렸다. 어느새 그의 곁을 떠난 진자운이 주변에 펼쳐져 있던 천 라지망을 뛰어넘어 모습을 감춘 까닭이다.

슥!

비룡번천의 수법으로 공중에서 한차례 선회를 한 진자운이 눈앞에 떨어져 내리자 모용청려가 움찔 어깨를 떨어 보였다. 그가 이렇게 대놓고 자신을 찾아올 줄은 몰랐기 때문이다.

기쁘면서도 당황스런 심정.

모용청려는 처음으로 진자운에게 연애 감정을 느꼈던 때처럼 가슴이 두근거리는 걸 느꼈다. 갑자기 천하무림을 호령하는 무림맹주가 한 명의 조그마한 소녀가 되어버렸다. 정말 그런 것 같다.

그러나 그녀는 곧 이상한 점을 깨달았다.

'어째서 이리 점잖은 거지?'

모용청려는 진자운과 함께 보낸 시간이 결코 적지 않다. 전날 항주에서 십여 년 만에 재회한 이후에도 전혀 성격이 변하지 않았음을 확인한 바 있다.

당연히 평소와 다르게 곧장 자신에게 들이대기부터 하지 않는 진자운의 바뀐 모습에 살짝 긴장을 느꼈다. 자연스럽게 그리되었다.

'진 사형… 어째서 어깨에 저런 단지를 매달고 있는 거지? 저건 분명히 유골을 담는 단지 같은데……'

화장을 한 이후 유골을 담는 단지. 평범한 단지나 자기와 같을 수 없다.

그 점을 간파해 낸 모용청려가 의혹의 시선을 던졌다.

묻는 것이다.

진자운이 그녀의 그 같은 눈빛을 진지하게 맞받았다. 어깨에서 유골단지를 떼어내 두 손에 정중하게 들었다. 그리고 애써 태연을 가장한 목소리가 흘러나온다.

"사매, 모용 노가주님이다. 네 아버님을 내가 모시고 온 거야."

"뭐……."

진자운과 그의 두 손에 들린 유골단지를 연달아 바라보던 모용청려의 두 눈에서 갑자기 눈물이 주룩주룩 흘러내렸다. 방산에서 행방불명됐던 부친 모용진천이 이미 이 세상 사람이 아님을 비로소 눈치 챈 것이다.

진자운의 두 눈을 감았다.

둔통.

눈앞에서 서럽게 눈물을 쏟아내고 있는 모용청려의 모습이 그의 가슴을 아프게 했다. 벌써 오래전에 잊었다고 여겼던 인간적인 통증을 느끼게 만들었다.

'제기랄, 나도 아직은 인간이구만! 가슴이 이리 아파오는 걸 보면…….'

퉁명스런 뇌까림과 함께 진자운이 모용청려를 자신의 품 안으로 강하게 끌어당겼다.

금세 적셔져 오기 시작한 가슴.

모용청려가 진자운의 품속에 얼굴을 묻은 채 작은 목소리로 흐느꼈다.

"아빠! 아빠! 아빠……."

"……."

진자운은 말이 없었다. 그냥 모용청려를 품 안에 안은 채 짙푸른 하늘을 바라보고 있었다. 그게 지금 그가 할 수 있는 일의 전부였다.

'됐다! 태극무검 진자운을 이번 대전에 끌어들일 수 있게 되었어!'

진자운과 모용청려의 재회를 접하자마자 곧바로 주변을 깨끗이 정리한 옥성 사태가 내심 부르짖었다.

창파검제 모용진천의 죽음.

그것은 충격이었다. 내심 녹림용제 가첨수를 상대해 줄 걸로 믿었던 절대고수가 죽었으니, 큰일도 보통 큰일이 아니었다. 어쩌면 여태까지 세웠던 대전 계획을 전면 수정해야 할 수도 있는 일이 벌어진 것이다.

그러나 옥성 사태는 오히려 잘됐다고 여겼다. 이로써 당세 제일의 고수인 진자운의 정파 연합군 참여가 확실해졌다는 개인적인 판단 때문이다.

창파검제 모용진천과 태극무검 진자운.

어느 모로 보든 무게의 추는 크게 한쪽으로 기운다. 대녹림맹과의 대전에 있어서도 후자 쪽이 훨씬 승률이 올라간다. 누구든 이의를 제기하지 못할 터였다.

옥성 사태는 슬픔에 젖은 모용청려의 흐느낌을 바라보며 내심 열심히 염불을 외웠다. 혹여라도 자신의 이 같은 내심이 밖으로 드러나선 안 되기 때문이었다.

'아미타불! 아미타불! 불존님, 관음보살님, 이 어리석은 제자를 굽어 살펴주소서! 아미타불! 아미타불!'

옥성 사태가 지금 할 수 있는 일의 전부였다.

다음날.

날이 밝자마자 모용청려의 막사를 찾아갔던 옥성 사태를 기다리고 있는 건 한 장의 서찰이 전부였다.

불길한 느낌.

그녀는 손을 뻗어 서찰 안의 내용을 확인하곤 자칫 중심을 잃고 바닥에 주저앉을 뻔했다. 만약 급히 단전에서 내공을 일으켜 하체에 평소보다 힘을 두 배쯤 주지 않았다면 분명히 그리됐을 터였다.

잠시 진 사형과 함께 떠납니다! 그동안 정파 연합군의 모든 작전과 군사 행동은 사태께서 맡아주세요!

굳이 서찰의 끝 부분에 찍혀 있는 무림맹주의 인장 같은 건 확인하지 않아도 된다.

지난 십수 년.

무림맹주 모용청려와 함께하며 그녀의 글씨체를 파악하지 못했을 리 없다.

한눈에 그녀가 직접 쓴 글귀임을 알아봤다.

이제 해야 할 일은 어째서 이런 말도 안 되는 상황이 벌어진 것인지 유추하는 것이었다.

'으음, 설마하니 사랑의 도피?'

입 밖으로 내뱉은 말이 아님에도 옥성 사태는 부끄러움에 낯까지 붉혔다. 어떻게 갑자기 이런 말도 안 되는 생각까지 떠올리게 됐는지 궁금할 정도다.

어쨌든 그렇게 한 가지 가능성을 깨끗이 소거한 후 땅속에 파묻어 버린 옥성 사태는 입가에 가벼운 한숨을 매달았다. 또 다른 가능성에 대해선 현재 전혀 떠오르는 게 없었기 때문이다.

"하아, 어쨌든 일단은 맹주님의 명에 충실할밖에 다른 도리는 없겠지. 그런데 장자경 소협도 함께 사라졌다고 했던가?"

옥성 사태의 얼굴이 다시 고심하는 표정을 만들어냈다. 무언가 떠오를 듯하면서도 떠오르지 않는 어떤 것이 있었다. 일단은 거기까지만이었다. 그 이상은 정보를 얻어야만 결정할 수 있을 터였다.

톡톡!

자신의 머리를 손가락으로 한차례 건드려 보인 옥성 사태가 바삐 걸음을 옮겼다. 일단은 거기서부터 시작하는 게 옳았다.

대녹림맹과의 대전.

결코 장난 따위가 될 수 없었다.

*   *   *

야반도주랄까?

모용청려와 함께 야밤에 정파 연합군의 군진을 벗어난 진자운은 곧장 하남성으로 달려갔다.

목표는 숭산이 있는 등봉현(登封縣).

십여 년 전 모용청려와 함께 찾아간 적이 있기에 길은 아주 잘 알고 있었다. 중간에서 길을 잃고 헤맬 필요가 없다는 뜻이다.

사흘.

장자경을 떠멘 진자운과 모용청려가 숭산에 도착하는 데 걸린 기간이다. 두 사람이 야반도주를 감행한 후 단 한순간도 쉬지 않고 내달린 끝에 이룬 쾌거였다.

"쳇, 이놈의 쪼만한 산세는 세월이 십 년이나 지났는데도 변함이 없구만. 정말 어떻게 이 정도밖엔 안 되는 산세를 가지고 오악(五嶽)에 끼었는지 모르겠단 말야. 산세가 팔백 리나 펼쳐져 있는 무당산도 끼이지 못했는데……."

"지금 숭산을 질투하는 건가요?"

"질투?"

진자운이 언제 숭산의 산세를 바라보고 있었냐는 듯 모용청려에게 시선을 던졌다. 살짝 가늘어진 눈매가 가자미를 연상시킨다.

모용청려는 전혀 굴함이 없다.

오히려 고개까지 살짝 옆으로 갸웃거리며 똑똑히 끊어서 다시 말한다.

"그래요. 질투요. 진 사형의 말속에서 아주 진한 향기가 우러나오고 있다고요."

"질투란 놈이 무슨 지난가을에 담근 국화주나 매화주라도 되나? 진한 향기가 우러나오게?"

"말이 그렇다는 거죠, 말이."

모용청려가 톡 쏘아붙이듯 대거리를 한 후 고개를 옆으로 돌렸다. 그녀의 매혹적인 얼굴 선이 그대로 드러나 보인다.

'제길, 너무 귀엽잖아!'

진자운이 모용청려의 살짝 토라진 듯한 모습을 보고 눈을 한차례 끔뻑거렸다. 갑자기 뭐라고 말을 해야 할지 까맣게 잊어버린 것 같다. 한마디로 넋을 잃어버린 거다.

　그 같은 진자운의 모습을 모용청려가 금세 눈치 챘다. 갑자기 부끄러움이 밀려든다.
　'이 인간은 어떻게 이런 상황에서 이런 행동을 하는 거야! 정말 지나치게 개념이 없는 거 아냐!'
　모용청려는 부끄러움을 감추기 위해 진자운의 가슴을 주먹으로 때렸다.
　그를 자신으로부터 떨어뜨리려는 의도였다.
　퍽!
　그녀의 결코 약하지 않은 주먹은 정확히 장자경의 엉덩이에 꽂혔다. 진자운이 정신을 잃은 동생을 이용해 모용청려의 주먹을 받아낸 것이다.
　"아!"
　모용청려는 가벼운 신음과 함께 화급히 주먹을 거뒀다. 혹시라도 장자경이 자신의 주먹에 부상이라도 당했을까 봐 얼굴에 걱정하는 빛이 완연하다.
　진자운이 퉁명스레 이죽거렸다.
　"사매, 이 녀석은 몸이 금강불괴나 다름없는 놈이야. 사매의 그 솜방망이같이 연약한 주먹으론 깜도 안 된다구."
　"누가 솜방망이같이 연약한 주먹이란 거예요?"
　"사매의 그 하얗고 조그만 섬섬옥수 말야."
　진자운이 손가락질까지 해대자 모용청려가 다시 주먹을 날렸다.

이번엔 슬쩍 운기까지 했다.

확실하게 진자운을 노렸음은 물론이다.

휘익!

진자운은 이번에도 장자경의 엉덩이로 자신을 방어했다. 어김없다. 모용청려로선 어쩔 수 없이 주먹의 방향을 바꿀 수밖에 없었다.

'이 인간이, 정말!'

모용청려가 입술을 살짝 깨물었다. 당장 진자운에게 달려들어 치도곤을 낼 기세다. 진짜 화가 났다.

히죽!

진자운이 그 모습을 보고 입가에 흐릿한 미소를 담았다.

'역시 사매군. 빠르게 부친의 죽음이 준 충격에서 벗어났어. 아직 속마음은 울고 있지만……'

진자운은 지난 사흘간 일부러 모용청려를 강하게 몰아쳤다. 급하게 정파 연합군의 본진에서 벗어나게 만들었고, 이곳 숭산까지 잠시도 쉬지 않고 달리게 했다.

슬픔을 느낄 여지를 주지 않는 것.

그게 진자운이 모용진천의 죽음에 깊은 충격을 받은 모용청려에게 해줄 수 있는 몇 안 되는 일 중 하나였다. 그리 생각하고 실천에 옮겼다.

그 결과는 보다시피 나쁘지 않았다.

모용청려는 진자운과 함께한 사흘간 점차 기력을 회복했

고, 무림맹주로서 항상 지녀야만 했던 부담감을 벗어던졌다. 어느새 십여 년 전 진자운과 함께 강호를 종횡하던 소녀로 돌아가게 된 것이다.

그 같은 진자운의 내심을 아는지 모르는지 모용청려가 본격적으로 내기를 모으기 시작했다. 아예 진자운과 화끈하게 한판 붙으려는 것 같다.

느닷없이 야기된 일촉즉발의 상황!

문득 분위기 파악 전혀 못하는 사람처럼 실실 웃음을 던지고 있던 진자운이 시선을 모용청려로부터 떼어냈다.

'산 위에서 사람이 내려오고 있구만. 소림사가 있는 곳답게 제법 고수야……'

모용청려 역시 진자운보다 살짝 늦긴 했으나 자신들 쪽으로 다가오고 있는 고수의 움직임을 눈치 챘다.

'발걸음이 빠르면서도 무게가 있어. 이건 소림칠십이절기 중 하나인 일장보법(一丈步法)을 절정까지 익혀야만 보일 수 있는 현상. 최소한 소림사 오대호원(五大護院)의 원주이거나 사대천왕(四大天王), 팔대금강(八大金剛), 십팔나한(十八羅漢)에 준하는 고수구나.'

무림에서 소림사의 고수가 모습을 감춘 지는 상당히 오래되었다. 중간에 전 무림맹주인 불패신권 각원 대사 같은 불세출의 고수가 등장하기도 했으나 단지 그뿐이었다.

과거 명성을 쟁쟁하게 떨쳤던 소림의 고수들은 서서히 신화 속의 인물로나 세간에 회자되고 있었다.

당세제일의 문파로 떠오른 무당파에서 언급되는 고수가 수를 헤아릴 수 없을 정도로 많은 것에 비하면 참으로 격세지감을 느낄 만한 대목이었다.

그래서 모용청려 역시 소림사의 인물이 아닌 지명에 속한 자들을 떠올렸다. 그 정도로 신비 속에 침잠되어 있는 소림사라 할 수 있었다.

그때 두 사람의 아웅다웅하는 싸움을 멈추게 한 인물이 숭산 소실봉으로 향하는 소로를 따라 모습을 드러냈다.

파르라니 깎은 머리.

우람한 덩치에 비해 얼굴이 꽤나 맑아 보이는 청년 승려다.

회색 승포를 휘날리며 한 걸음에 일 장씩을 단축하며 두 사람 앞에 다가선 청년 승려가 정중히 일수합장(一手合掌)해 보였다.

"소승은 소림의 징명(澄鳴)이라 하옵니다. 장문인의 명을 받아 두 분 시주를 기다리고 있었습니다."

'소림의 장문인이라면 공조 대사를 말하는 건가? 분명 그런 이름이었던 것 같은데……'

'소림의 항렬은 현재 각공징무심(覺空澄無心)으로 이어지고 있다. 그러니까 저 징명은 현 장문인인 공조 대사의 제자뻘인 일대제자가 되는 셈이구나. 으음, 근데 승명이 낯설지가 않은걸?'

각자 염두를 굴린 두 사람 중 모용청려가 얼른 징명에게 한 걸음 나서서 반갑게 미소 지어 보였다.

"혹시 내가 누군지도 알고 있는 건가요?"

"소승의 사고가 되시는 무림맹주 봉황여제 모용 시주님이 아니십니까?"

"좋아요."

고개를 한차례 끄덕여 보인 모용청려가 얼굴에 머물러 있던 미소를 지웠다. 표정 역시 엄숙하다.

"나는 공조 사형을 만나러 숭산까지 온 게 아니에요. 사형의 환대는 내심 고맙게 생각하지만, 초대에는 응할 수 없다고 전해주세요."

"그, 그건……."

"소림은 벌써 몇 차례나 무림의 대사에 그 이름을 등재하지 않았어요. 비록 과거의 영광이 아무리 찬연하다 해도 현재 무림의 동도들에겐 그리 좋은 평가를 받지 못하고 있어요. 그 점 역시 사형에게 꼭 전해주세요."

"……."

징명의 맑기만 하던 얼굴에 어두운 그림자가 깃들었다. 모용청려의 준엄한 일갈이 의미하는 바를 그 역시 잘 알고 있었기 때문이다.

'확실히 이번 대녹림맹의 난에도 우리 소림이 침묵을 지킨 건 큰 잘못이다. 이대로는 우리 소림이 앞으로 강호의 동도들

을 볼 면목이 없어.'

내심 염두를 굴린 징명이 모용청려에게 다시 정중하게 일 수합장해 보였다.

"알겠습니다. 소승이 반드시 사고의 명을 장문인께 전하겠습니다."

"그래 주면 고맙죠. 그리고 한 가지 물어볼 게 있는데… 혹시 우리 예전에 만난 적이 있었던가요?"

"예, 그렇습니다. 전날 사고님께서 소림을 찾았을 때 한 번 뵈온 적이 있습니다."

"아, 그때 그 소사미가!"

"벌써 십여 년이 흘러서 이렇게 장성하게 되었습니다, 사고님."

"헤에!"

모용청려 뒤에 서 있던 진자운이 비로소 징명을 알아봤다. 십수 년 전 그와 모용청려는 강남대전에 대한 지원을 요청하기 위해 소림사를 찾은 적이 있었다. 당시 소사미였던 징명을 만난 건 바로 그때였다.

'당시에도 제법 빼어난 무골에 어린 나이답지 않은 배분을 지녔다고 여겼더니, 어느새 이리 고수가 되었구나. 과연 천년 소림이라고 해야 하는 건가?'

내심 진자운이 징명을 바라보며 고개를 끄덕여 보였다.

북숭소림(北崇少林).

남존무당(南尊武當).

근래 들어 천하에 퍼지기 시작한 말이다. 천하에 두 문파가 으뜸이니, 북쪽의 소림사와 남쪽의 무당파란 뜻이었다. 근래 들어 욱일승천한 무당파와 침묵 속에 백여 년을 보낸 소림사가 아직까지도 어깨를 나란히 하고 있는 것이다.

저력.

천 년을 이어온 문파만이 가질 수 있는 힘이다.

대소림.

비록 지금은 숭산의 산자락에 와호(臥虎)처럼 몸을 웅크리고 있으나 결코 얕볼 수 없는 저력을 품고 있었다. 천하의 누구든 그리 생각할 터였다.

천하에 두려울 것이 없는 진자운조차 그 같은 점은 인정하지 않을 수 없었다.

그때 모용청려가 징명에게 넌지시 말했다.

"징명 사질, 내 한 가지 더 부탁할 게 있는데……."

"각원 사조님께 소승이 안내해 드리도록 하겠습니다."

"그것도 사형의 명령인가요?"

"그렇습니다."

징명의 담담한 대답에 모용청려가 천천히 고개를 끄덕여 보였다.

"부탁하겠어요."

모용청려의 입에서 말이 떨어지기가 무섭게 징명이 그 명에 따랐다.

털썩!

진자운은 눈앞에 보이는 모옥 앞마당에다 떠메고 있던 장자경을 아무렇게나 내동댕이쳤다.

툭툭!

의식적으로 어깨를 두들기는 그의 얼굴엔 고된 표정이 완연하다. 마치 엄청나게 무거운 짐을 짊어지고 왔음을 티내는 것 같다.

힐끔.

진자운과 모용청려의 방문을 징명으로부터 전달받았음에도 시선 한차례 던지지 않고 바둑에 몰두하고 있던 두 사람, 각원 대사와 제갈효가 비로소 관심을 보였다. 바둑판에 고정되어 있던 시선을 바닥에 떨어져 내린 엄청난 덩치의 장자경 쪽으로 살짝 빼앗긴 것이다.

'헐, 근골이 범상치 않은 아해가 아닌가? 이미 외공의 수준 역시 금강불괴에 이른 것 같은데⋯⋯.'

'저 덩어리는 또 뭔가? 저 망할 무당파의 종자와 창파검제의 딸이 데려온 걸 보면 뭔가 그럴듯한 출신 성분을 지닌 놈인 것 같은데⋯⋯.'

두 사람의 관심이 장자경에게 집중되는 걸 느낀 진자운이 얼굴에 퉁명스런 표정을 지어 보였다.

"두 분, 계속 바둑만 둘 요량이면, 내가 확 숭산에 불을 싸질러 버릴 겁니다. 산이 쪼만해서 한 식경 정도면 소실봉과 태실봉 모두 돌 수 있을 것 같은데 말요."

"이런 못된!"

나직한 일갈과 함께 제갈효가 바둑판에 돌을 내동댕이쳤다. 진자운을 쏘아보는 시선이 사뭇 잡아먹을 듯하다.

그러자 기다렸다는 듯 각원 대사가 환호작약했다.

"크헐헐헐, 이겼다! 드디어 이겼어! 현인, 오늘 저녁 식사는 자네가 하는 거네!"

"뭐시요?"

"자네가 방금 패배를 인정하고 돌을 바닥에 던졌지 않은가!"

"그건……."

"일수불퇴! 자네가 항상 입에 매달고 다니던 말이네. 설마하니 이제 와서 그런 적 없다고 하진 않을 테지?"

"으음!"

제갈효가 각원 대사와 진자운을 잡아먹을 듯 노려봤다. 평소의 감정이 아무런 여과없이 쏟아져 나오고 있었다.

그러거나 말거나 각원 대사는 사뭇 커다란 짐을 내려놨다는 듯 바둑판을 떠났다.

그는 곧바로 징명과 함께 서 있는 모용청려에게 달려갔다.
평생 자신이 단 한 명 둔 애제자에게 달려가서 오늘의 승전보
를 알릴 심산이었다. 그러려고 했다.

홰액!

한데 막 바람같이 진자운의 옆을 빠져나가던 각원 대사의
신형이 확 뒤로 제쳐졌다. 왜소한 노구가 번쩍 들어 올려진
건 그다음에 벌어진 일이다.

"엥?"

각원 대사가 시선을 뒤로 던졌다. 어째서 자신이 갑자기 공
중에 떠올라 버둥거리는지 알 도리가 없었다. 반드시 확인해
야만 했다.

범인은 진자운이다.

그는 자신의 옆을 스쳐 지나가던 각원 대사의 뒷덜미를 대
뜸 낚아채 들어 올린 것이다. 그다지 힘을 쓴 것 같지도 않은
한 수였다.

진자운과 각원 대사.

꽤나 오래된 사이다.

당연히 진자운은 각원 대사가 미녀를 좋아하는 사뭇 바람
직한 성품을 지녔음을 익히 알고 있었다. 사제지간을 빌미 삼
아 슬픔에 젖어 있는 모용청려에게 지분거리는 걸 평소처럼
용납할 리 만무했다.

"대사, 일단 나랑 얘기 좀 합시다."

"아, 아니, 난 사랑스런 아려하고 감격적인 사제 상봉을 해야만 하는데……."

"감격적인 사제 상봉?"

"그, 그렇지."

"훗!"

진자운은 각원 대사의 말을 가벼운 비웃음으로 응수했다. 어림 반푼어치도 없는 짓 하지 말란 뜻이다.

"끄응……."

각원 대사 역시 진자운에 대해선 대충 파악하고 있다. 그가 가끔 대단히 골통 같은 짓도 서슴지 않고 한다는 걸 잘 알고 있었다.

풀 죽은 표정이 된 그가 시선을 제갈효에게 던졌다.

"현인, 오늘 저녁은 사 인분 몫을 해야만 하네. 쌀도 마침 똑 떨어졌으니, 날이 저물기 전에 식사 준비를 끝마치려면 지금부터 바삐 움직여야만 할 것 같으이."

"맹주, 지금 날더러 저 아이들의 식사까지 책임지라는 말이외까?"

"참으로 오랜만에 우리 늙은이들을 찾아온 손님이라네. 따뜻한 밥이라도 한 끼 먹여서 보내야 하지 않겠는가?"

'뚫린 입이라고 잘도 얘기하는구나! 만약 이번에도 바둑에서 졌다면, 반나절이 가도록 한 수 물려달라고 애걸복걸했을 사람이…….'

제갈효가 내심 인상을 긁었다. 여전히 탈속한 선풍도골의 인상을 유지하곤 있으나 눈초리가 사뭇 심상치 않다.

각원 대사가 여전히 진자운에게 뒷덜미가 붙잡혀 버둥거리고 있는 자신을 손가락으로 가리켰다.

"현인, 이번엔 이 늙은 중의 말을 듣는 편이 낫지 않겠는가? 내 꼴이 지금 말이 아닐세."

"알겠소이다, 알겠어. 내 지금 당장 저녁밥을 지으러 가보겠소이다."

결국 제갈효가 항복을 했다.

그래도 그는 모옥을 떠나며 진자운 쪽을 한차례 쏘아봐 주는 걸 잊지 않았다.

십 년이 넘는 세월.

다시 만난 진자운은 여전히 얄미웠다. 전혀 변한 것이 없었다. 그 혼자만 세월을 비켜 나간 것만 같다.

'으음, 머리가 아프다! 머리가 아파와!'

자신이 만들어놓은 조화로운 세상의 훼방꾼으로 인해 제갈효는 참으로 오랜만에 두통을 느껴야만 했다.

◆ 第七十七章 ◆ 대기(大器)는 소림에 귀의하고

　제갈효가 모옥을 떠나가자 각원 대사가 진자운에게 넌지시 말했다.
　"여긴 소림의 안방이라네."
　"그래서요?"
　"이 늙은 중이 이래 봬도 소림제일의 존장인데, 이만 체면을 살려주는 편이 낫지 않겠는가?"
　"꼭 그래야만 합니까?"
　"그러는 편이 자네나 이 늙은 중한테 서로 이득이 되지 않겠는가? 인생이란 본시 서로 다른 생각을 품은 사람들 간에 절충을 하면서 살아야 하는 법이라네."

“여전히 말은 잘하십니다. 항주 기녀들을 홀릴 때처럼 말입니다.”

“허헐, 이 늙은 중이 한때는 제법 잘나갔었지. 항주의 명기란 명기는 모두 내 품에 안기길 소원했을 정도니까 말야.”

“소림제일의 존장이 하실 말씀은 아닌 것 같습니다만?”

“응?”

각원 대사가 비로소 아직 모옥에 남아 있는 사손 징명의 존재를 인지했다.

맑은 얼굴을 붉게 물들이고 있는 모습.

사조인 각원 대사의 시선을 접하자 슬그머니 옆으로 고개를 돌려 보인다. 신실한 불제자로서 각원 대사가 내뱉은 음담패설을 감당치 못했음이 분명하다.

‘쯧! 나중에 공조 녀석한테 또 한 소리 듣겠구먼. 그 녀석도 요즘 들어 슬슬 나이를 먹어가는지 잔소리가 굉장히 많이 늘었는데 말야…….’

내심 혀를 찬 각원 대사가 슬며시 신형을 뒤집었다.

연대구품.

공중에 뜬 상태로 진자운의 손을 벗어나기 위해 소림칠십이절기 중 손꼽히는 절학을 펼쳐 낸 것이다.

진자운 역시 굳이 계속 각원 대사의 뒷덜미를 붙잡고 있을 까닭이 없다.

그는 슬그머니 손을 거뒀다.

그 틈을 이용해 공중에서 아홉 개나 되는 분신을 만들어 보인 각원 대사가 모용청려 앞에 떨어져 내렸다.

징명이 언제 고개를 옆으로 돌렸냐는 듯 두 눈을 초롱초롱하게 빛냈다.

'아아, 저리 완벽한 연대구품을 보게 될 줄이야! 대단하구나! 정말 대단해!'

소림의 기대를 한 몸에 받으며 성장한 기재인 징명이나 각원 대사가 펼치는 절학을 목도한 건 이번이 처음이었다. 가슴이 두근거리고 흥분되지 않을 도리가 없다.

각원 대사의 입꼬리가 슬쩍 치켜 올라갔다.

'이 정도 자극을 줘야지만 나중에 공조 녀석한테 오늘 일을 함부로 꼰지르지 못할 테지. 이런 어린 까까중 하나 회유하는 건 사실 일도 아니지.'

내심 만족스런 웃음을 보인 각원 대사가 징명에게 휘휘 손을 내저어 보였다.

"그만 가보거라! 손님들은 이 늙은 중과 현인이 맡을 테니까 말야."

"소손, 명을 받들겠사옵니다!"

징명이 각듯하게 허리를 숙여 보이곤 총총히 모옥을 떠나갔다. 각원 대사의 음흉한 웃음이 뒤따라붙는 줄은 상상조차 못한 채였다.

진자운이 야유했다.

"휘이, 여전히 수단이 좋으십니다!"

각원 대사는 굳이 변명하지 않았다. 사실 진자운 쪽은 쳐다보지도 않았다. 완전히 관심 밖이었다. 뭔가 크게 바라는 것이 있는 얼굴을 한 채 그의 시선이 모용청려를 향했다.

사락!

그림같이 각원 대사에게 인사를 한 모용청려가 담담한 표정으로 말했다.

"제자 아려가 사부님을 뵈옵니다. 그동안 건녕하셨는지요?"

"오냐! 오냐! 이 늙은 중, 그동안 밥도 잘 먹고 잠도 잘 잤느니라!"

얼굴 가득 담뿍 미소를 담은 각원 대사에게 모용청려가 슬픈 미소를 보였다.

"소녀가 보기에도 정정하신 것 같으니 정말 다행이십니다. 소녀에겐 이제 각원 사부님밖엔 남지 않았으니까요."

"뭐?"

각원 대사의 표정이 바뀌었다. 모용청려가 한 말의 의미를 바로 눈치 챘기 때문이다.

"가친께서 대녹림맹과의 대전 중에 돌아가셨습니다."

"으으음."

각원 대사의 입술 새로 신음이 배어져 나왔다.

창파검제 모용진천.

불패신권 각원 대사와 더불어 한 시대를 풍미했던 절대의 고수다. 그의 죽음이 각원 대사에게 준 충격은 결코 적은 것이 아니었다.

잠시의 침묵 끝에 각원 대사가 물었다.

"천하에 누가 있어 검제를 죽일 수 있다는 거냐? 설마하니 가첨수, 그자가 그리 강하더란 말이냐?"

"가친을 해친 건 녹림용제가 아닙니다."

"녹림용제?"

"가첨수 맹주는 녹림을 일통한 후 장강교룡이란 별호를 버리고 녹림용제가 되었습니다. 반역에 대한 내심을 비로소 드러낸 거지요."

"녹림용제! 녹림용제! 과연 그렇구나. 황제를 칭하는 용(龍)과 제(帝)를 동시에 사용했다는 건 반역 외엔 다른 해석의 여지가 없으니… 하면, 누가 검제를?"

"녹림용제, 그자의 사부올시다!"

각원 대사의 재차 이어진 질문에 대답한 건 모용청려가 아니라 진자운이었다. 부친 모용진천의 죽음에 대해 계속해서 언급해야만 하는 모용청려의 아픈 마음을 배려한 행동이었다.

각원 대사가 신형을 진자운에게 돌렸다.

"가첨수의 사부? 이 늙은 중은 그런 자가 있다는 것조차 알지 못했네. 도대체 어디서 튀어나온 자인가?"

"황제가 되고 싶어서 지난 이 갑자 동안 황천의 그늘에 숨어서 지낸 괴물 같은 잡니다. 각원 대사님이 그 존재에 대해 알지 못하는 것도 무리는 아니죠."

"강하겠구만?"

"강하죠."

"자네와 비교하면 어떤가?"

각원 대사의 노안에는 강한 기대감이 서려 있었다.

십수 년 만에 다시 만난 진자운의 무위는 그야말로 경천동지란 표현으로도 부족했다. 놀랍게도 단 한 수 만에 각원 대사를 제압할 수 있을 정도인 것이다.

당연히 각원 대사가 진자운에게 바란 건 확답이었다. 자신감 넘치는 미소였다.

흔들.

진자운은 고개를 가로저었다.

"아직은 잘 모르겠습니다. 그 늙은 요괴는 제 생각에 마선의 경지에 오른 자인 것 같으니까요."

"마선… 정마이선과 동급의 고수란 말인가?"

"모용 노가주님은 녹림용제와 대치하던 중 단 일 격 만에 치명상을 입으셨습니다. 몸 안의 기경팔맥과 세맥이 모조리 박살 났지요. 과거 정마이선이 아니라면 이 정도의 위세를 보일 수 있었겠습니까?"

"으음, 그야……."

"그래서 저는 그자를 반드시 죽일 작정입니다. 본시 우화
등선을 눈앞에 둔 선인은 결코 세상의 일에 끼어들지 않아야
만 합니다. 세상의 균형을 이루는 인과율이 무너지니까요. 그
런데 그는 마선씩이나 되는 능력을 가지고 삿된 야욕으로 천
하를 혼란 속으로 몰아넣었습니다. 용납할 수 있는 선을 넘은
겁니다."

"……."

각원 대사는 진자운의 이런 모습을 한 번도 본 적이 없었
다. 태극검해의 신화 이후론 더욱 그러했다. 내심 마음이 움
직이는 바가 없지 않았다.

'흐흠, 말은 저리 하지만… 역시 아려의 부친인 검제의 죽
음이 마음을 크게 움직인 거겠지. 아려와 자운, 저 친구는 본
래 끈끈한 사이였으니까.'

자신의 방식대로 진자운의 말을 이해한 각원 대사가 모용
청려를 향해 두 손을 활짝 펼쳐 보였다. 표정엔 어울리지 않
는 자애가 가득하다.

"불쌍한 것! 아려야! 내 제자야! 이 사부의 품에 안겨서 울
어도 되느니라!"

"……."

침묵하는 모용청려 대신 진자운이 양 주먹을 우드득 소리
가 나게 주물렀다.

"대사님, 사매한테서 신경 끄시고 제 동생이나 봐주시죠!"

“응?”

“저기 누워 있는 곰 같은 녀석이오!”

진자운이 바닥에 대 자로 뻗어 있는 장자경에게 시선을 던졌다. 장난스런 말과 달리 눈 깊숙한 곳엔 가벼운 파랑이 머물러 있었다.

＊　　　＊　　　＊

부르르!

장자경은 정신을 차리자마자 커다란 덩치를 한차례 떨어 보았다.

춥다!

한겨울에도 웃통을 벗고 나무를 하러 다녔던 그다.

겨울도 아직 한참 남아 있는 이때에 추위를 탈 리가 없다. 그건 그에겐 어울리지 않는 일이다.

그런데도 장자경은 와들거리며 떨었다. 어째서 자신의 몸이 이리되었는지도 모른 채 양손으로 꽈악 팔짱을 끼었다. 그리해서라도 추위로부터 스스로를 보호하고자 했다.

과연 그 같은 행동은 효과가 있었다.

팔짱을 껴서 몸 안의 체온을 유지시키자 영혼마저 얼려 버릴 듯하던 추위가 조금 가셨다. 그리고 그와 동시다.

장자경의 파면이 와락 일그러졌다.

그의 뇌리로 감여설의 맑고 아름다운 모습이 떠올랐다. 극한에 이른 추위가 조금 가시자 제멋대로 머릿속의 기억이 꿈틀거리며 움직임을 보이기 시작한 것이다.

"우욱! 욱!"

장자경은 언제 추위에 벌벌 떨었냐는 듯 팔짱을 끼고 있던 손을 들어 입술을 막았다. 터져 나오는 눈물과 신음을 참기 위해 그리했다.

'죽었다! 감 소저가 죽었어! 바보 같은 날 구하려다가 화살을 맞고 죽었어! 그리고 나는……'

생각이란 놈은 한 번 움직이면 멈출 줄을 모른다. 마구 새끼를 치고 확대 재생산을 해낸다.

장자경에게도 마찬가지였다.

그의 뇌리를 가득 메우고 있던 감여설의 죽음과 함께 몰려온 슬픔의 틈을 비집고서 끔찍한 기억들이 물밀듯 밀려들어왔다. 둑 터진 물과 같이 쏟아져 들었다.

살육과 광기!

항상 장자경을 불안하게 만들던 광포한 야수가 벌인 잔혹한 피의 잔치를 장자경은 똑똑히 기억했다. 피를 머금고 살육에 즐거워하던 모습 역시 마찬가지다.

"으악! 으악! 으아아아아아악!"

심혼의 깊은 곳에서부터 터져 나온 비명과 함께 장자경이 두 눈을 있는 힘껏 부릅떴다.

다른 누구 때문이 아니다.

그를 공포에 젖게 만든 건 다름 아닌 자기 자신이었다. 광기에 찬 홍소(哄笑)를 터뜨리며 마음껏 살육의 잔치를 벌인 잠에서 완전히 깨어난 야수였다. 짐승이었다.

그때다.

비명을 지르다 못해 자신의 두 눈을 손가락으로 찔러 버리려 하던 장자경의 손을 부여잡는 손길이 있었다.

겨울의 고목처럼 앙상하게 마른 손.

그러나 불가사의한 힘이 담겨져 있다. 천하의 역사인 장자경은 어찌 된 일인지 고목과도 같은 손아귀를 떨치지 못했다. 자신의 두 눈을 찌르는 데 실패한 것이다.

"본시 불존께서 말씀하시길 생사일여(生死一如:삶과 죽음이 하나와 같다)하고, 만물일여(萬物一如:만 가지 사물이 하나와 같다)하며, 심체일여(心體一如:마음과 몸이 하나와 같다)라 하셨느니라! 이미 마음속의 어둠을 밖으로 끄집어내었는데, 어찌 두려움에 떨고만 있는고?"

장자경의 뇌리 속에서 울려 퍼진 일언(一言).

어둠 속에서 길을 잃고 헤매고 있던 장자경에겐 한줄기 광명을 본 것이나 다름없었다. 진실로 지옥 속에 빠져 있던 마음이 한줄기 구원의 빛을 얻은 셈이었다.

스륵!

자신의 눈을 향하고 있던 손에서 힘을 뺀 장자경이 울먹이는 목소리로 중얼거렸다.

"저, 저는 죄인입니다! 수많은 사람들을 죽음으로 몰아넣었습니다! 다 죽여 버렸어요! 다!"

"본시 일체유심조(一切唯心造:모든 것은 마음에 달렸다)라 했느니라. 소를 잡던 백정도 손에서 피 묻은 칼을 내려놓고 돌아앉으니, 곧 부처가 되지 않았던고? 네가 자신의 잘못을 알고 회개한다면 살육의 죄로부터 구원을 얻을 수 있으리라!"

"저, 저 그럼 살아도 되는 겁니까? 저 같은 것도 살아도 되는 거예요? 정말 그래도 되는 거예요?"

"그렇다. 그래, 아이야. 내 말을 믿거라."

"우욱! 으흐흐흐흑! 으흐흐흐흐흑……."

장자경이 양손으로 얼굴을 가린 채 뜨거운 눈물을 쏟아내었다.

샘처럼 펑펑 솟아오르는 눈물.

파면의 얼굴을 모조리 적시고 바닥으로 흘러내린다. 마치 그가 진 원죄를 깨끗이 씻어라도 주려는 것 같다. 적어도 그리 생각하게끔 해준다.

*　　　*　　　*

각원 대사에게 장자경을 인계한 후 진자운은 모옥 밖을 말 없이 서성거리고 있었다.

평상시와 조금 다른 모습.

초조함이 그의 얼굴에 살짝 음영을 만들어내고 있다.

'사형의 저런 모습은 본 적이 없는데… 사형은 정말로 장동생을 아끼고 있었구나.'

모용청려는 진자운을 바라보며 마음 한구석이 놓이는 걸 느꼈다.

십여 년이 지나 다시 만난 진자운.

모용청려가 변했듯 그 역시 많이 달라졌다. 겉으로 보이는 행동은 그대로인데 속이 변했다. 종종 뭔가 사람이 아닌 존재가 된 것 같은 이질감을 풍기곤 하는 것이다.

그 점이 모용청려를 안절부절못하게 만들었다. 십여 년 전 그가 자신이 아닌 담화연을 선택했을 때보다 더욱 큰 불안을 그녀는 느꼈다.

하지만 지금 모용청려는 큰 마음의 위안을 느끼고 있었다. 진자운이 동생 장자경에 대해서 인간적인 감정을 간직하고 있음을 확인할 수 있었기 때문이다.

'하긴 사형은 울고 있는 날 안아줬었지. 절대로 그건 거짓이 아니었어, 절대로.'

모용청려는 문득 얼굴이 달아오르는 걸 느꼈다.

가슴 역시 두근거린다.

도대체 얼마 만에 느껴보는 설레임이고 감정인가!

진자운에 대해 생각하던 중 열여섯 계집아이처럼 부끄러

움을 느끼게 된 모용청려가 고개를 살짝 밑으로 내렸다. 혹여라도 진자운과 붉어진 얼굴이 마주쳐 놀림을 당하게 될 것을 걱정한 처사였다.

그때 진자운이 갑자기 손바닥을 강하게 마주쳤다.

짝!

"망할, 도대체 집구석으로 들어간 지가 언젠데… 아직까지 아무런 소식이 없는 거야! 호신강기는 어째서 확산시켜서 안쪽에서 벌어지고 있는 일을 알지 못하게 만든 거고!"

"각원 사부님한테 맡긴 일이잖아요. 사형의 장 동생을 걱정하는 마음은 알겠지만, 조금만 더 참아보세요."

"걱정은 무슨! 황소같이 멍청한 녀석이 지독히도 소심해서 내 말을 죽어라 안 듣기는 해도 이미 광증은 완전히 치료했다구. 이젠 깊숙이 파고든 심연 속에서 스스로 빠져나오게만 만들면 되는데……."

"사형은 이미 장 동생을 설득하는 데 실패했잖아요?"

"쳇, 멍청한 녀석! 내 말이야말로 진리, 그 자체인데 전혀 들은 척도 안 하다니!"

"사형이 너무 우격다짐으로 윽박질러서 그런 거 아닌가요? 장 동생은 평상시에도 사형한테 꽤나 주눅 들어 있었잖아요. 게다가 이번에 그런 엄청난 일을 당했으니, 성격이 소심해진 것도 어쩔 수 없는 일이에요."

"그렇다고 지 편인지 남의 편인지도 모르고 다 죽이려고 달려드나? 녀석의 몸속에 잠들어 있던 광기는 놈 자체가 키운 것이나 다름없어. 그 살기가 넘치는 광기도 결국 그놈의 일부인 거야. 소심한 성격이 제이의 인격을 만들어낸 거라구. 그러니 그냥 자신의 두 번째 인격을 받아들이기만 하면 될 일인데, 그걸 못하니 원.”

“사형, 계속해서 그런 식으로 장 동생을 윽박지른 건가요?”

진자운이 고개를 끄덕였다.

“뭐, 그렇지.”

모용청려의 입가에 한숨이 매달렸다.

“후우! 그런 식으로 사형이 윽박지르니까 장 동생이 더욱 움츠러든 거잖아요. 잘 설명하고 타일렀어야죠.”

“내가 그런 거 잘 못하는 건 사매도 알잖아. 그래서 각원 대사님을 찾아온 거고 말야.”

“그렇죠. 그러니 일단은 각원 사부님께 모든 걸 맡기도록 하세요. 최소한 각원 사부님께서 사형보다는 장 동생을 훨씬 잘 다독거릴 테니까요.”

“쳇!”

진자운이 나직이 혀를 차곤 고개를 옆으로 획 돌려 버렸다. 완전히 삐쳐 버린 것이다.

모용청려가 그 모습을 보고 입가에 흐릿한 미소를 담았다. 나이를 초월할 정도로 귀엽다는 생각이 들어서다.

그때 굳건히 닫혀져 있던 모옥의 문이 활짝 열렸다.

삐걱!

모옥 문 열리는 소리와 함께 장자경이 모습을 드러내자 진자운과 모용청려의 시선이 몽땅 그쪽으로 쏠렸다.

'성공인가?'

'장 동생, 괜찮아진 거야?'

장자경의 뒤를 쫓아 각원 대사 역시 모옥 밖으로 나왔다. 들어갈 때와 마찬가지로 안색이 참으로 밝다.

진자운이 재빨리 장자경 쪽으로 다가갔다. 두 눈에 광채가 번뜩거리는 게 당장이라도 장자경을 잡아먹을 것 같다.

움찔!

장자경이 크게 놀라 뒤로 주춤 물러섰다. 각원 대사가 있는 쪽이다.

'이 못된 녀석이! 감히 형님을 피해서 늙은 땡중한테로 도망을 가?'

진자운의 두 눈에 담긴 광채가 더욱 강렬해졌다. 자신의 설득에는 전혀 반응을 보이지 않던 장자경이 각원 대사에겐 홀라당 넘어간 것이 분하다. 당장이라도 잡아다가 치도곤을 쳐도 아주 지독하게 쳐야만 할 것 같다.

그때 슬그머니 장자경을 자신의 뒤로 빼돌린 각원 대사가 진자운에게 경고하듯 말했다.

"이 사람아! 그렇게 동생을 쥐 잡듯 하니까 겁을 집어먹지

않았겠는가! 진정 자네는 천하의 대기를 시궁창에 처박아서
깨뜨려 먹으려는 것인가?"

"천하의 대기?"

진자운이 두 눈을 살짝 가늘게 만들었다. 각원 대사의 말속
에서 묘한 기운을 느낀 때문이다.

각원 대사가 노안 가득히 득의만면한 기색을 담았다.

"아무렴, 천하의 대기이지! 이 늙은 중의 평생에 이처럼 불
가와 깊은 연을 맺은 큰 그릇은 본 적도 들은 적도 없으이."

"설마……."

말꼬리를 일부러 끌어 보인 진자운이 각원 대사를 퉁명스
레 노려봤다.

"…대사님, 저 곰 같은 녀석을 살살 꾀어내서 땡중으로 만
들 속셈은 아닐 테지요?"

"살살 꾀어내다니! 자네 동생은 참으로 불가와 깊은 인연
을 맺은 천하의 대기일세. 이제 이 늙은 중과 연(緣)이 닿았으
니, 당장 머리를 깎게 한 연후에 제자로 받아들일 작정일세."

"누구 마음대로!"

진자운이 나직한 일갈과 함께 풀쩍 신형을 날리더니, 현묘
한 제운종의 변화를 일으키며 단숨에 장자경을 낚아채 왔다.

매가 병아리를 낚는 게 이와 같을까?

각원 대사는 자신의 방어를 완벽하게 무력화시키고 장자
경을 빼내간 진자운을 경이로운 표정으로 바라봤다. 일시 어

떻게 장자경을 빼앗겼는지 파악이 되지 않는다. 이런 일을 언제 경험해 봤나 싶다.

'허헐, 장강의 뒷물결이 앞 물결을 밀어낸다고 했던가? 어찌 단지 십여 년 만에 이런 정도까지 무공의 격차가 벌어질 수 있단 말인고!'

각원 대사는 농담 삼아 제갈효에게 했던 폐물이란 말을 떠올리며 입가에 쓰디쓴 미소를 만들어냈다.

찰나의 순간.

그는 자신과 진자운 간의 결코 좁힐 수 없는 커다란 간극을 엿봤다. 무림에서 은퇴한 이후에도 무학의 연마를 게을리 하지 않았던 터라 심중의 충격은 생각 이상으로 컸다.

그때 진자운에게 질질 끌려간 장자경이 갑자기 버럭 소리를 질렀다.

"형님, 절 놔주십시오! 놔주세요!"

"뭐?"

진자운이 장자경을 어이없다는 듯 바라봤다. 장자경의 이같이 격렬한 반항을 처음으로 접한 까닭이다.

장자경은 진자운의 시선을 피하지 않았다. 담담히 받아들였다.

"형님, 저는 큰 죄를 졌습니다. 사람을 아주 많이 죽였어요."

"그래서 평생 참회하기 위해서 머리를 빡빡 깎고 중이라도 되겠다는 거냐?”

“참회가 아닙니다. 속죄입니다. 저는 앞으로 평생 동안 제 손에 죽은 사람들에게 속죄를 하면서 불도에 정진하려 합니다. 그게 제 길이라고 생각됩니다. 그러니······.”

“······.”

“···이만 저를 놔주세요.”

장자경의 두 눈은 맑고 강했다. 전혀 흔들림이 보이지 않았다.

진자운이 눈살을 가볍게 찌푸렸다.

‘이 자식, 진심이잖아! 진짜로 머리를 빡빡 깎고 중이 될 작정이야! 아이구, 골치야!’

진자운은 문득 모친 진가영의 노기등등한 얼굴을 떠올렸다.

장가를 들이라고 딸려 보낸 장자경이다.

만약 머리를 깎고 소림사에 귀의했다는 말을 할 경우 어떤 사단이 벌어질지 벌써부터 눈앞이 캄캄했다. 매 타작은 기본이고 어쩌면 장가촌에서 쫓겨날지도 몰랐다.

진자운이 진지하게 말했다.

“정말로! 진심으로! 한사코! 반드시! 꼭! 이 형과 진가댁을 버리고 까까중이 되어야겠냐?”

“형님, 어머님을 부탁드립니다.”

장자경이 진자운에게 대뜸 절을 올렸다.

"절 같은 거 올리지 마!"

진자운이 신형을 돌려서 장자경이 올리는 절을 피했다. 절대로 받지 않겠다는 의지가 섞인 강짜다.

그러나 장자경은 어느새 절을 마쳤고, 다시 모용청려에게 반례를 올린 후 각원 대사에게 걸어갔다. 더 이상 진자운의 반대 따윈 개의치 않겠다는 뜻을 분명히 한 것이다.

"이놈아!"

"……."

장자경에게 버럭 소리를 질러 걸음을 멈추게 한 진자운이 천천히 손짓해 보였다.

"이리 와봐! 내가 얼굴을 고쳐 줄 테니까. 그리고 네놈 얼굴을 그렇게 망가뜨린 녀석도 붙잡아놨다. 나중에 이곳으로 보낼 테니, 네놈이 알아서 해라."

장자경이 천천히 고개를 가로저어 보였다.

"형님, 저는 이미 불제자가 되기로 마음먹었습니다. 이제 와서 얼굴의 상처 따위가 무슨 상관이 있겠습니까? 제 얼굴을 망가뜨린 자 역시 마찬가집니다. 이미 그자에 대한 원한은 깨끗이 잊었으니, 제게 보내주실 필요는 없습니다."

"그냥 놔주란 거냐?"

"예."

장자경의 대답은 간명했다. 추호도 어떤 다른 내심을 읽어 낼 수 없었다.

'자식이…….'

진자운은 비로소 자신이 더 이상 장자경에게 해줄 게 아무것도 없음을 인정했다. 동생의 담담한 얼굴 속에서 세속의 모든 염(念)을 놓아버린 자의 표정을 읽을 수 있었기 때문이다.

"알겠다."

"고맙습니다."

진자운이 자신에게 다시 허리를 숙이는 장자경에게 천천히 고개를 끄덕여 보였다.

후일.

소림사를 또다시 천하제일의 문파로 추앙받게 만드는 파면신승(破面神僧)이 탄생하는 순간이었다. 지금으로선 누구도 알지 못할 미래이지만, 분명 그러했다.

*　　　　*　　　　*

산서성으로 향하는 관도.

어깨를 나란히 한 두 명의 남녀가 서둘러 걸음을 옮기고 있다. 장자경이 머리를 깎고 각원 대사의 제자가 되는 의식을 보고 숭산을 떠난 진자운과 모용청려다.

두 사람은 인적이 드문 산야에서는 경공을 펼치고, 관도에서는 조금 빠른 걸음으로 길을 재촉했다. 한시라도 빨리 산서성에 집결하고 있는 정파 연합군에 합류하기 위함이었다.

문득 모용청려가 질문을 던졌다.

"사형, 후회하지 않으시겠어요?"

"뭘?"

"장 동생이 머리를 깎는 걸 뒤집어엎지 않으신 거요."

"픽!"

슬며시 입가에 미소를 매단 진자운이 모용청려에게 천천히 고개를 가로저어 보였다.

"사매는 하나만 알고 둘은 모르는구만."

"제가 뭘 모른다는 거죠?"

"이번에 소림에 그 곰탱이 녀석을 넘겨준 대가는 아주 비싸다구. 대녹림맹과의 대전에 각원 대사님하고 몇 명이나 되는 소림 고수들이 나서겠다는 약조를 받아냈단 말씀이야."

"서, 설마 그런 이유로……."

'…장 동생을 팔아먹었다는 건가요?'

모용청려는 뒤의 말을 꿀꺽 삼켰다. 평소처럼 익살맞은 진자운의 말과 달리 진지한 표정을 봤기 때문이다.

"게다가 그 곰탱이… 아니, 자경이 녀석은 말야. 우리 진가댁한테 어려서부터 들들 볶여서 그 커다란 덩치에도 불구하고 한 번도 제 의사를 마음껏 밝혀본 적이 없는 놈이야. 뭐, 거기엔 내가 어려서 훌쩍 가출을 한 탓이 없다곤 할 수 없겠지만, 우리 진가댁 등쌀이 좀 장난이 아니거든. 그런데 그 곰 같은 순둥이 녀석이 내 눈을 똑바로 쳐다보고 제 뜻을 밝혔다구. 그놈한텐 그야말로 처음 있는 일이야. 그러니 내가 어떻게 막을 수 있겠어? 물론 이번 일로 나중에 장가촌으로 돌아간 후에 진가댁한테 비 오는 날 먼지 나도록 처맞겠지만 말야. 그래도 할 수 없는 건 없는 거지 뭐."

"……."

모용청려의 입가에 부드러운 미소가 머금어졌다. 말을 마친 후 멋쩍은 듯 뒤통수를 긁적이고 있는 진자운의 모습이 지극히 사랑스러웠기 때문이다.

진자운이 문득 말했다.

"그래서 말인데… 이번에 산서성으로 돌아가서 그 녹림의 떼거리 녀석들하고 대판 싸운 다음에 말야… 나랑 거시기……."

진자운의 질질 말을 끄는 모습에 모용청려가 맑은 볼을 살짝 붉게 물들였다. 끝까지 듣지 않더라도 그가 무슨 의도를 품고 있는지 알 수 있었기 때문이다.

"알겠어요."

"뭐, 뭘 알겠다는 거야?"

"그냥 알겠으니까, 가요. 이번 싸움은 굉장히 치열할 테니까 끝난 다음에 다시 얘기하자구요."

"그, 그럴까?"

다시 뒤통수를 긁적이는 진자운을 향해 모용청려가 다시 미소를 보여주었다.

'사형, 이번에 상대할 북리 노야란 사람은 마선에 비견될 만한 사람이라지요? 사형의 태연을 가장한 말속에서 긴장감을 느낄 수 있을 정도니, 정말 대단한 상대인가 보네요. 하지만 사형은 제 사형이잖아요. 그딴 요괴 같은 늙은이 따윈 가볍게 물리치실 수 있겠죠? 아려는 그리 믿고 대전의 다음을 기다리고 있겠습니다.'

모용청려의 가슴 깊숙한 곳에서 만언만어(萬言萬語)가 와르르 쏟아져 나왔다. 진자운을 향한 참으로 오래된 연심을 마음껏 개화하고 있었다.

"사람이 별로 없구만. 그만 달릴까?"

"그러죠."

모용청려의 대답이 떨어진 것과 동시였다.

진자운이 지축을 차고 뛰어오르자 모용청려가 얼른 그 뒤를 따랐다. 숭산을 떠나온 후 항상 그랬듯 한 가닥 바람이 되어 산서성을 향해 움직이기 시작한 것이다.

*   *   *

무럭무럭.

김이 잔뜩 서려 있는 전병과 산채.

교자와 만두가 주가 된 밥상은 꽤나 그럴듯했다. 적어도 대여섯 명은 배를 채울 수 있는 양이었다.

은거 후 단 한 번도 본 적이 없는 성찬.

눈앞에 떡 벌어져 있는 밥상을 바라보며 싱글벙글하고 있는 각원 대사를 제갈효가 잔뜩 쏘아봤다. 화가 머리끝까지 치밀어 오른 것을 가까스로 참고 있는 모습이다.

각원 대사가 교자 하나를 젓가락으로 집어 들고서 입에 넣다가 화들짝 놀란 소리를 냈다.

"앗, 뜨뜨뜨……."

그 모습을 본 제갈효가 퉁명스레 경고했다.

"본시 호남성 특산의 교자는 겉보기엔 식어 있어도 속이 무척이나 뜨겁소이다. 팔팔 끓는 기름으로 데친 고기 속살을 밀가루로 된 외피로 덮는 까닭이지요. 그러니 반드시 먹기 전에 외피에 구멍을 낸 연후에 한참 불어야만 할 것이외다."

각원 대사가 인상을 와락 찌푸려 보였다.

"그걸 어째서 이제야 말하는 것인가? 혀를 옴팡지게 데어 버리고 말았지 않은가!"

제갈효는 태연하다. 그는 우아하게 젓가락으로 교자의 외피에 구멍을 뚫으며 말했다.

"그러게 어찌 불제자가 고기 속이 들어간 교자에 맨 먼저 젓가락질을 한단 말이외까?"

"숭산으로 돌아온 후에 술 한 방울 못 마시고 계속 나물만 먹었네. 이제 오랜만에 맛 좋은 진수성찬을 만났으니, 어찌 그냥 나 몰라라 하고 있을 수 있겠는가? 게다가 그럼 어째서 이런 교자나 만두 따월 내온 것인가?”

“당연히 손님들을 위한 요리가 아니겠소이까? 그런데 희한하게 오늘 저녁도 이곳에는 우리 두 늙은이밖엔 없소이다?”

“헤헤, 그건……”

“필시 날 저녁 식사 준비나 하게 만들어놓고 맹주께서 혼자서 북 치고 장구 치고 다 하신 게지요?”

제갈효는 단정적인 말과 함께 제대로 식은 교자 하나를 입 안에 집어넣고는 젓가락을 소반 위에 내려놨다.

탁!

소리가 자못 크다.

각원 대사가 그 모습을 보고 갑자기 자라처럼 목을 쑤욱 집어넣었다. 언제 싱글벙글했냐는 변화다.

“현인, 화났는가? 사실 그 아이들이 황급히 이곳을 떠난 건 사정이 있어서라네.”

“세상의 모든 일에는 제각각의 사정이 항시 존재하지요.”

“아주 큰 사정이었다네.”

“정파무림의 존망이라도 걸린 일인 겁니까?”

“그런 셈이지.”

각원 대사의 대답이 떨어지기가 무서웠다. 제갈효의 뚱해 보이던 얼굴에 슬며시 생기가 깃들었다.

“역시 근래 들어 산서성에서 날뛰고 있는 대녹림맹의 녹림용제 가첨수 때문에 온 것이외까? 소림과 맹주는 어찌할 작정이시오?"

"허어, 자네 상당히 많이 알고 있구만?"

"본 가에서 정기적으로 무림의 소식을 보내오고 있어서 조금 알고 있을 뿐이외다. 이 늙은 폐물의 소일거리지요."

"소일거리라……."

나직이 뒷말을 끈 각원 대사가 두 눈 가득 심유한 기운을 담았다.

"현인, 자네가 제대로 봤네. 내일 늙은 중과 소림의 몇몇 아해들이 산서성으로 떠나게 되었네."

"소림이 드디어 봉문을 풀고 무림에 재출도하는 거외까? 대녹림맹의 발호가 심상치 않다는 말을 듣긴 했지만, 그 정도로 맹위를 떨치는 줄은 몰랐거늘……."

"소림의 봉문은 여전하다네. 이번 출도는 무림동도들 모르게 움직이는 것일세. 그리고 대녹림맹과 정파 연합군 간의 대전에도 끼어들진 않을 것이네."

"어째서 그런 일을 하려 하시는 것이외까? 설마하니 그 태극무검이란 아이의 요청 때문이외까?"

"그럼 셈이지. 향후 십 년 후 천하에 소림의 이름을 드높일 최고의 대기를 얻은 대가랄까?"

"대기라니… 무슨……."

"장자경이란 아이라네. 진자운 그 녀석의 동생인데, 놀랍게도 절대태양지체를 타고났더군."

"절대태양지체라면 그……."

"과거 육조 혜능 선사께서 타고나셨다던 천하의 신골이지. 소림은 그 아이로 인해 지난 백여 년간의 봉문을 풀게 될 것일세. 그러니 그 대가로 한차례 몰래 출도하는 건 매우 싼값이라 할 수 있지 않겠는가?"

"으음……."

제갈효가 나직이 신음을 흘렸다.

절대태양지체!

그 역시 익히 알고 있는 전설상의 무골이다.

특히 소림사처럼 극강의 양강지기를 단련시키는 외가정종의 무공을 연마하는 데는 최상의 신체라 할 수 있었다. 은퇴 후 모든 일에 초연했던 각원 대사가 이리 흥분하는 것도 이해를 못할 바는 아니었다.

'하지만 어째서 이 늙은 능구렁이가 내게 그런 세세한 사항을 털어놓는 것인고? 뭔가 딴 속셈이 있는 것일 테지?'

내심 염두를 굴린 제갈효가 또다시 교자 먹기에 도전하고 있던 각원 대사에게 서슬 푸른 일갈을 토해냈다.

"맹주, 속에 있는 걸 다 끄집어내시오!"

"웃! 뜨뜨……."

각원 대사가 또다시 혀를 데곤 제갈효에게 눈을 한차례 끔뻑거려 보였다.

난 아무것도 몰라요, 하는 모습이다.

그러나 그런 데 속아 넘어갈 제갈효가 아니다.

탁!

손바닥으로 소반을 때린 제갈효가 냉큼 상을 옆으로 치워 버렸다. 각원 대사로 하여금 식사를 못하게 만든 것이다.

"혀, 현인……."

"우는소리일랑 하실 생각하지 마시오! 당장 몽땅 털어놓으시란 말이외다!"

"쩝!"

결국 각원 대사가 한차례 입맛을 다시곤 이실직고를 했다.

"현인, 사실 말이네… 이번 출도에는 자네가 빠져줘야만 하겠네."

"날 빼고 맹주만 재미를 보러 가겠다는 말이외까? 어째서 그래야만 하는 거외까?"

"저기 그것이……."

"설마하니 대녹림맹을 때려잡기 위해서 마도 녀석들과 연합하려는 건 아닐 테지요?"

"……."

각원 대사가 일순 침묵 속에 고개를 옆으로 돌려 보였다. 무언의 긍정을 한 셈이다.

꿈틀꿈틀.

제갈효의 볼살이 가벼운 떨림을 보였다. 경련에 가까울 정도다. 폭발 직전에 이른 것이다.

　현인 제갈효의 일평생.

　마도와의 피투성이 싸움으로 보냈다고 해도 과언이 아니다. 결코 마도와의 타협 따윈 생각해 본 적이 없고, 할 의향조차 없었다.

　그런데 연합이라니!

　제갈효가 당장에 폭발을 일으키지 않은 것만도 각원 대사는 고마움을 느꼈다. 과연 성인에 이른 자제력이란 생각을 했을 정도다.

　'그렇다 해도 말을 잘 해야만 할 것이야. 자칫 말실수를 했다간 무림은 고사하고 대륙 전체가 피바다 속에 잠길 수도 있을 터인즉.'

　내심 결심을 굳힌 각원 대사가 천천히 말했다.

　"현인, 이 모든 것이 다 십만이나 되는 생령을 살리기 위함일세. 본시 불존께서도 단 하나의 생명을 구하는 것이 천만 개의 불탑을 쌓는 것보다 낫다고 하지 않으셨는가?"

　"십만이라 함은… 대녹림맹에 모여든 십만을 말씀하시는 거외까?"

　"그, 그런 것도 아는가?"

　"맹주가 아는 것보다는 더 많을 것이외다. 하지만 궁금한 건 어째서 내가 맹주를 따라가면 안 되냐는 것이올시다. 혹시 맹주는 이번에 손을 잡게 된 마도의 주체가 누군지 알고 계신 게 아니외까?"

‘이런 귀신같은 늙은이 같으니라구!’

내심 기함을 토한 각원 대사가 다시 머리를 자라처럼 움츠린 채 말했다.

“현인, 꼭 그런 것까지 알아야만 하겠는가?”

“물론이외다. 사실 이 부분이야말로 가장 중요한 사항이라 할 수 있을 것이외다.”

“혜휴!”

나직한 한숨과 함께 각원 대사가 말했다.

“마교의 소리산일세. 놀랍게도 십여 년 전 천마총에서 죽었다고 알려졌던 그가 아직 살아 있었다네.”

“역시 그렇구려.”

“자네, 그것도 알고 있었던 건가?”

“얼마 전 마교의 총단을 맡고 있던 영마 반여삭의 부고를 전해 들었소이다. 마도를 떠받치고 있던 커다란 기둥이 무너진 거지요. 그런데도 마도는 별다른 혼란이 없었소이다. 당연히 반여삭에 버금갈 정도의 인물이 마교를 맡았다고 밖에는 볼 수 없지 않겠소이까?”

“이, 일이 그렇게 됐구만……”

“그렇지만 대녹림맹 하나를 제압하기 위해서 정파무림이 마도와 손까지 잡아야만 하는 일이 벌어진 건 솔직히 의외올시다. 비록 녹림용제 가첨수가 대단하긴 하나 그 정도까진 아닌데……”

“사부가 나섰다고 하더구만.”

“사부?”

“과거 정마이선에 비견할 만한 고수라고 하더구만. 정말 어디에서 그런 괴물 같은 자들이 마구 튀어나오는 것인지……."

“그렇구려, 그래. 이제야 어찌 상황이 돌아가는지 알게 되었어……."

제갈효가 천천히 고개를 끄덕여 보였다.

이미 분노 따윈 전혀 남아 있지 않다. 씻은 것처럼 사라진 것이다.

'에잉, 또 저 너구리 같은 늙은이한테 당했구만! 당했어!'

각원 대사가 내심 혀를 차며 고개를 절레절레 흔들었다. 비로소 제갈효의 분노가 연출된 것임을 눈치 챈 것이다.

제갈효가 퉁명스레 말했다.

“알겠소이다. 이번 출도에 나는 따라가지 않을 것이니, 맹주는 혼자서 잘 놀다가 들어오시구려.”

“저, 정말 자네 괜찮겠는가?”

“현재 무림맹을 맡고 있는 혜관음 옥성 사태는 재지가 출중한 인재올시다. 거기다가 소리산, 그자가 함께한다면 이번 대전은 보나마나한 싸움이 될 것이외다. 굳이 이 늙은 폐물까지 끼어들 필요는 없을 거외다.”

“……."

각원 대사는 제갈효의 말속에서 한 가닥 쓸쓸한 기운을 읽어냈다. 그는 비로소 자신의 시대가 완전히 끝났음을 인정한 것이다. 마음 한구석이 애잔해지지 않을 수 없다.

"현인, 그래도 이 늙은 중에겐 자네가 최고네! 다른 누구도 자네를 대신할 순 없음이야!"

"만두와 소채나 드시구려. 아무래도 교자는 포기하는 편이 나을 것 같소이다."

"에잉, 몹쓸 교자 같으니라구……."

각원 대사가 애꿎은 교자를 탓하며 입가에 흐릿한 미소를 매달았다.

제갈효 역시 따라 웃었다.

언제나와 다름없는 두 사람만의 밤이 깊어가고 있었다.

◆ 第七十八章 ◆ 귀자래요(鬼子來了)

방산.

수십 리에 걸쳐서 펼쳐져 있는 진중(陣中)의 질서정연한 불빛을 무심히 바라보고 있던 가첨수의 뒤로 한 명의 중년 수사가 모습을 드러냈다.

소리산.

그가 가첨수와 만나기 위해 대녹림맹의 심장부에 이른 것이다.

가첨수가 여전히 진중으로부터 눈을 떼지 않고서 말했다.

"천하에는 오직 두 명의 모사만이 있는데, 그중 첫 번째가 전대 정파무림맹의 현인 제갈효고, 두 번째가 마도 천마신교의 마뇌(魔腦) 소리산이라 했던가? 근래에는 현 정파무림맹의 총군사인 혜관음 옥성 사태란 이름이 더 추가됐다는 게 세간의 평가지만 말야.”

“마뇌라… 참 오랜만에 들어보는 그리운 칭호군요. 한때는 이 소 모도 젊고 패기에 넘쳤었는데…….”

“젊고 패기에 넘쳐서 천하를 먹으려 했었던가?”

“그런 셈이지요.”

소리산의 꾸밈없는 대답에 가첨수가 비로소 신형을 돌려 세웠다. 그의 담담한 신광이 담겨져 있는 시선이 소리산의 전신을 뱀처럼 훑어 내린다.

‘사부님께서 이자를 제압하기 위해 만성독약을 사용했고 눈까지 하나 뽑아냈다고 했던가? 과연 그만한 심력을 소모할 만한 가치가 있는 자인지 모르겠구나.’

가첨수와 소리산의 대면은 이번이 처음이다.

하지만 전날 가첨수는 철기량과의 만남 중에 지밀대 소속 살수들의 기습을 당한 일이 있다. 비록 그나 철기량이나 무사히 회담 장소를 빠져나올 수 있었지만, 악랄하고 독한 수법 자체는 잊지 않고 있었다.

“전날 나와 철 아우에 대한 기습 명령을 내린 건 소리산, 당신이 맞을 테지?”

“당시 이 소 모가 지밀대의 대주였습니다. 그같이 중차대한 명령을 다른 자가 내렸을 리 없지요.”

"그럼 우리 두 사람 사이엔 구원이 있는 셈인데?"

"빚 갚기를 요구하시는 겁니까?"

"그렇다면?"

"이것으로 해결하겠습니다."

명쾌한 대답과 함께 소리산이 품에서 두루마리 하나를 꺼내 집어 던졌다.

툭!

가첨수의 시선이 비로소 진중으로부터 떨어졌다. 그는 묵묵히 자신의 발치에 떨어져 있는 두루마리를 바라보더니, 손가락 하나를 튕겨 보였다.

따악!

바닥에 나뒹굴고 있던 두루마리가 불쑥 튀어 오르더니, 곧바로 가첨수의 수중으로 날아갔다. 어떤 준비 동작도 없이 접인지기를 발휘한 것이다.

좌락!

곧바로 두루마리를 펼친 가첨수의 눈매가 슬며시 가늘어졌다. 그 속의 내용이 생각했던 것보다 중대한 사안이었기 때문이다.

"오이랏의 야선 대칸이 중원 정벌을 포기하고, 사례태감 유원익과 천도문의 정일 진인이 죽었다라……. 이 말을 나더러 믿으라는 건가?"

"확인해 보시면 될 일이 아닙니까?"

“얼마 전까지 지밀대의 조직에 속했던 자들을 통해서 말인
가?”

“자신의 수하가 된 자들을 믿지 못하시는 겁니까?”

“내 도량이 작다는 말은 하지 말게. 지밀대의 조직은 사부
님께서 가져오신 것이니까 말야.”

“그 말뜻은 북리 노야조차 믿지 못하신다는 거라고 생각해
도 되겠습니까?”

“마음대로.”

가첨수는 소리산의 자못 위험한 발언에 그다지 큰 반응을
보이지 않았다. 속마음을 드러내지 않았다.

‘천하를 아우를 만한 도량이라고 했던가? 역시 북리 노야
그 늙은 요괴가 마지막까지 함께할 수제자로 선택한 자답구
나. 하지만 북리 노야에 대한 충성심이 타의 추종을 불허했던
정일 진인에게도 약간의 틈은 있었다. 어디까지 내 수를 받아
낼 수 있을지 시험해 보겠다.’

내심 흐릿한 미소를 던진 소리산이 말했다.

“어쨌든 지금 중요한 건 그런 게 아니지요. 만약 만에 하나
라도 제가 가져온 정보가 사실이라면 북리 노야와 가 대맹주
의 천하쟁패의 대계는 끝장이 날 것입니다. 그렇지 않습니
까?”

“사부님과 내가 함께 손을 잡고 정파 연합군의 포위망을
부순 후 북경으로 진군할 때 이미 황제와 황천무군은 자중지

란에 빠져 있어야만 하네. 또한 중원의 혼란을 틈타 오이랏의
야선 대칸이 장성을 넘어와 팔십만의 대병을 압박한다면, 사
부님과 나는 새로운 황조를 열 수 있을 거야. 황천과 무림을
일통한 역대 유례가 없는 위대한 황조의 개조가 될 수도 있다
는 말이지. 하지만……."

"하지만 만약 그 천하대계가 잘 짜여진 톱니바퀴처럼 진행
되지 않는다면 대녹림맹은 패퇴하고 말 테지요. 북리 노야와
가 대맹주의 능력이 아무리 놀랍더라도 결코 새로운 황조를
열 수는 없을 겁니다."

"그런데도 지금 내게 이미 그 톱니바퀴가 박살 났다는 말
을 전하고 있는 건가?"

"그 망가진 톱니바퀴, 제가 다시 고쳐 드릴 수 있습니다.
그리할 수 있기에 이렇게 대담한 소식을 전하러 온 것입니
다."

"어떻게?"

"천마신교! 당금 마도제일세의 총전력이 이번 대전에 참전
하는 것으로써 오이랏의 장성 밖 외압을 대신합니다. 그리고
괴멸된 황천 내의 조직은 마뇌라 불리던 제 뇌와 지밀대의 정
보 조직을 최대한 활용하는 것으로 메우도록 하겠습니다. 지
밀대와 동창의 관계가 긴밀한 것은 아마도 잘 알고 계실 겁니
다. 동창에서 빼낸 관료들의 비리와 약점을 이용한다면, 최대
한 황천무군과 토벌군의 출정을 늦출 수 있습니다. 중간에 약

간의 이간 책동만 펼쳐도 무수히 많은 황제의 인재들을 실각
시킬 수도 있고 말입니다."

"그 모든 걸 다 사부님과 내게 해주겠다?"

"가 대맹주님께 해드리는 겁니다, 북리 노야기 아니라."

"어째서지?"

"바라는 바가 있어서겠지요."

"큰 것이겠지?"

"별건 아닙니다. 가 대맹주님께서 천하를 얻으신 후 천마
신교에게 무림을 내어주시는 정도면 됩니다."

"무림을 통째로 내어달라?"

"천마신교를 비롯한 천하마도의 전 세력을 지원 병력으로
얻을 수 있습니다. 또한 덤으로 저라는 사람의 머리와 지밀대
가 중원 전역에 깔아놓은 정보 체계 전체 역시 얻게 되시고
요. 결코 분에 넘치는 조건은 아니라고 생각합니다만?"

"……."

가첨수는 쉬이 대답하지 않았다. 못했다. 사부 북리단야에
게 거역하길 종용하는 말임에도 그러했다. 그만큼 소리산의
제안은 매력적이었다.

'확실히 이자의 말대로 사부님이 지난 이 갑자 동안 쌓아
놓으신 황천 내의 지지 세력과 새외와의 연계가 완전히 끝장
났다면 문제는 심각하다. 천마신교가 중심이 된 마도 세력과
지밀대의 정보 체계를 얻는 건 선택의 여지가 없는 일이라고

할 수 있다. 분명히 그래.'

침묵은 길었으나 답은 이미 내려진 상황이었다. 다른 선택을 할 여지 따윈 존재하지 않았다.

'녹림용제여! 어서 내 제안을 받아들여라! 달콤한 배반의 과실을 베어 물어라!'

소리산이 내심 부르짖었다. 표정 한 점 변함 없이 그리했다. 그리고 가첨수가 결국 그 부르짖음에 응했다.

"천마신교의 주력은 언제 올 수 있는가? 지밀대의 정보 조직은 언제 움직일 수 있고?"

"이미 천마신교의 주력은 방산으로부터 열흘 거리에 집결해 있습니다. 지밀대의 정보 조직은 이미 움직이기 시작했고요."

"만총을 움직인 것이겠지?"

"만총은 충성스런 자이지요."

"그 충성을 내 것으로 만들고 싶었지."

그 말을 끝으로 가첨수가 소리산으로부터 시선을 떼어냈다. 다시금 진중으로 신형을 돌려세운 것이다. 문득 그의 입에서 한마디 우려 섞인 말이 흘러나왔다.

"사부님은 귀신이 되셨네. 아니, 마신(魔神)이라고 해야 하려나?"

"마신……."

"내게 대녹림맹의 녹림군 전체를 맡기신 후 홀로 사방에서 포위진을 펼치며 다가오고 있는 정파의 제문파들의 요격에 나서셨네. 홀로 정파 연합군 전체의 포위진을 무너뜨린 후 녹림군으로 하여금 관의 토벌군을 상대하려는 심산이시지.”

“정파 연합군의 총수가 일만이 넘는다고 들었습니다. 그분의 무위가 무신의 경지에 이르렀음은 잘 알고 있지만, 어찌 홀로 그리하실 수가…….”

“나 역시 그리 말했다네. 하지만 그분은 듣지 않으셨지. 전날 산서성 방면의 토벌군을 제압하신 후부터 조금 성격이 변하셨어. 그리 무모하게 일을 처리하는 분이 아니셨거늘.”

‘설마 마도에 빠진 것인가?’

마도(魔道).

정공(正功)이 아닌 마공(魔功)으로 무도 궁극의 경지에 오르려 하는 자들에게서 자주 발생하는 현상이다.

일각에서 말하는 심마(心魔)와 비슷하면서도 다른 건 성격이 급박해지고, 살육을 즐기게 되는 경향을 제외하곤 별다른 무공상의 영향이 없다는 점이었다.

당연히 그같이 마도에 든 자들은 무림의 역사상 무수히 많은 혈사(血史)를 일으켰는데, 모두 그 끝이 비극적이었다. 참혹하고 끊임없는 혈사의 종국은 전 무림인들의 합공으로 이어졌고, 피의 강과 시체의 산을 쌓아 올릴 뿐이었기 때문이다.

‘하지만 이번엔 사정이 조금 다르다. 마도에 든 자가 하필

이면 과거 본 교의 담 교주님과 동급의 고수이기 때문이다. 만약 그 같은 자가 무차별적인 살육에 정신을 잃어버렸다면 천하는 진정 엄청난 재앙에 직면한 게 된다. 어쩌면 나와 천마신교 역시 마찬가지일 것이고.'

소리산은 문득 진자운을 떠올렸다.

항상 그가 세운 천마신교 중심의 무림대계에서 겉돌면서도 결코 빼놓을 수 없는 사나이.

그의 존재가 지금 간절하게 요구되어지고 있었다.

*   *   *

산서성 중양(中陽).

무림첩을 받고 섬서성의 화산에서 출발한 화산파 무리의 총수는 삼신봉 중 으뜸인 고검 도간 도장이었다.

그는 칠절매화검 가진환이 수장으로 있는 백매화 열 명과 매화검수 칠십 명을 대동한 채 화산을 내려왔는데, 점차 많은 무리들이 합류하고 있었다. 섬서성 전역에 퍼져 있는 속가제자들이 속속 몰려들고 있었기 때문이다.

그 숫자는 무려 팔백 명.

화산파의 개파 이래 가장 많은 인원이 동원된 출정이라 할 수 있었다.

다각! 다각!

말을 몰아 도간 도장의 곁으로 다가온 가진환이 중후한 목소리로 말했다.

"사백님, 오늘 밤이 지나기 전에 중앙의 영역에 들어설 것 같습니다. 그래서 말인데, 슬슬 야영 준비에 들어가야만 할 것 같습니다."

"인원이 또 느는 것이더냐?"

"오늘 중으로 중앙 부근에서 성세를 누리고 있는 중앙표국에서 백여 명이 더 합류한다는 통보를 받았습니다."

"수장은?"

"중앙섬전객(中陽閃電客) 남무상 대협입니다. 도진 사숙님의 문하라고 하더군요."

"도진의 문하라면 검은 제대로 배웠겠구나. 적의 숫자가 대단히 많다고 들었다. 한 명의 인재라도 아쉬울 때이니, 도착하는 즉시 후군에 두어서 예비대로 편성하도록 하거라."

"그리하겠습니다. 그리고 야영 준비는 어떻게?"

"어차피 그들이 도착할 때까진 이곳을 떠나지 않아야 할 테니 네가 알아서 하도록 하거라."

"명을 받들겠습니다."

가진환이 정중하게 고개를 숙여 보이곤 곧바로 말 머리를 돌렸다. 곧바로 야영 준비에 들어간 것이다.

'허허, 진환이가 근래 들어 아주 많이 듬직해졌어. 역시 연

화동천에서 폐관수련을 하며 쌓은 고련이 성장에 큰 도움이
되었음이겠지.'

도간 도장이 늠름한 가진환의 뒷모습을 보고 내심 고개를
끄덕여 보였다.

칠절매화검 가진환.

한때 오룡삼봉에 속했던 화산이 자랑하는 제일의 기재였
으나 십여 년 전 무림대회에서 큰 좌절을 경험했다. 일생의
최대 패배를 당한 것이다.

하지만 인생사 새옹지마(塞翁之馬)라 했다.

그날의 패배는 태어날 때부터 최고의 환경과 재능에 취해
있던 가진환에겐 쓰디쓰나 큰 약이 되었다.

그는 무림대회를 뒤로하고 곧바로 화산으로 돌아와 옥녀
봉 혹은 연화봉으로 더욱 유명한 남봉(南峰)의 연화동천에서
의 폐관수련을 자청했다. 자신의 모자람을 깨닫고 스스로 뼈
를 깎는 고행에 들어간 것이다.

그렇게 흘러간 십여 년의 세월!

오악 중에서도 험하기로 이름난 화산 남봉의 거센 바람은
다소 유약하던 가진환의 검을 강하게 벼뤄냈고, 난잡하던 검
기를 정교하게 다듬었다. 화산을 대표하던 삼신봉의 뒤를 이
을 당당한 한 사람의 화산검의 탄생이었다.

'하지만 아쉽구나! 진환이에 더해 진 대협의 아우인 장자
경, 그 아이를 화산의 제자로 받아들일 수만 있었다면 정말

좋았을 것을. 만약 그리만 되었다면 화산은 십 년이 가기 전에 소림, 무당과 어깨를 나란히 할 수 있는 성세를 이룰 수도 있었으련만…….'

문득 떠오른 얼굴 하나.

전날 항주 무림맹에서 만난 적이 있던 장자경의 얼굴이다. 천골이라 할 수 있는 절대태양지체의 몸이다. 도간 도장조차 평생 본 적이 없는 신골이기에 더욱 아쉬움이 크다.

하지만 곧 도간 도장은 고개를 가로저어 심중의 아쉬움을 지웠다.

이제 선계에 들 시간이 얼마나 남았을까?

벌써부터 무림에서의 은퇴를 염두에 두고 있었으나 이번 역시 장문인의 간절한 부탁을 외면치 못했다. 화산에서 자신만큼 많은 피를 칼에 묻혀본 자가 없었기 때문이다. 화산의 제자들을 한 명이라도 더 살려서 복귀하게 하기 위해 또다시 은퇴를 뒤로 미룰 수밖에 없었다.

'그 역시 이젠 털어버려도 될 일. 진환이가 저만큼이나 성장했으니 이젠 나도 마음 편히 은퇴해도 될 것인즉.'

도간 도장의 입가로 부드러운 미소가 번져 나왔다. 사적으로 조카가 되는 가진환의 듬직한 모습이 그의 마음을 즐겁게 만들었다.

한데, 그때다.

막 칠백이나 되는 화산제자들이 일사불란하게 야영 준비

를 하게 명하고 있던 가진환의 입에서 비명에 가까운 일갈이 터져 나왔다.

"적이다! 적의 습격이다!"

"……"

언제 만면에 강팍한 얼굴에 어울리지 않는 미소를 짓고 있었냐는 듯 도간 도장의 표정이 딱딱하게 굳었다.

"이, 이 무슨……."

도간 도장은 자신의 눈앞에서 펼쳐져 있는 광경을 도저히 믿을 수가 없었다.

화산제자 칠백 명.

단언컨대 화산파의 역사 이래 최대의 동원 인력이었다. 비록 그중 육백 명가량이 속가제자 위주의 편성이라곤 하나 최소한 일, 이류 정도의 편성이었다.

개개인이 대녹림맹에 몰려든 녹림도들 중 상위에 속한 자들이 아닌 한 일당 십 이상은 충분했다. 결코 명문정파의 오만이 아닌 냉정한 판단으로 그러하단 판단이었다.

그런데 지금 도간 도장의 눈앞에서 그 칠백이나 되는 화산제자들이 힘 한 번 제대로 써보지 못하고 도륙당하고 있었다.

화산이 자랑하는 절학 한 번 제대로 펼쳐 보이지 못하고 강처럼 흐르는 동료들의 핏물 속에 힘없이 쓰러져 내렸다. 무너져서 널브러졌다.

더욱 기막힌 사실이 있다.

단 일 인!

가진환의 명에 의해 야영 준비를 하고 있던 화산제자들을 습격해 피의 잔치를 벌이고 있는 적의 숫자였다. 고작해야 단 한 명의 적에 의해 화산의 칠백 제자들이 처참한 절규를 토해 내고 있는 것이다.

그때, 변화가 있었다.

맨 처음 적의 기습을 눈치 채고 일갈을 토해냈던 가진환이 휘하의 백매화 검수들을 이끌고 매화검진을 펼쳤다. 화산파가 자랑하는 절진으로 제멋대로 화산제자들 사이를 오가고 있는 적을 포위할 작정이었다.

검기의 폭멸!

검을 빼 든 가진환의 뒤를 쫓아 열 명의 백매화 검수가 혈전의 중심을 향해 바람과 같이 움직였다. 매화검진의 위력을 한군데 집약시켜서 적의 행로를 가로막으려 했다.

'안 돼! 아무리 진환이와 백매화 십검수가 나선다 해도 저 귀신과 같은 자를 가로막을 순 없다! 오히려 피해만 늘 뿐이야!'

도간 도장이 내심 부르짖었다.

그는 화산의 장로들 중 대전의 경험이 가장 많은 사람답게 제자들의 잇단 죽음 속에서도 냉정을 잃지 않고 있었다. 어떻게든 기습을 감행한 적의 약점을 간파해 내기 위해 노력했다.

처음부터 적이 자기 혼자선 결코 상대할 수 없는 고수란 판단
을 내린 까닭이었다.

그러는 새 화산제자들은 계속 핏속에 쓰러졌다. 죽어나갔
다.

그 숫자가 무려 삼백!

아직도 도간 도장은 적의 움직임조차 제대로 파악하지 못
하고 있었다. 화산파의 미래라 할 수 있는 가진환과 백매화
검수들이 전장 속으로 투입되자 마음이 크게 다급해지지 않
을 도리가 없다.

챙!

재빨리 검을 빼 든 도간 도장이 지축을 박차고 가진환의 뒤
를 쫓았다. 어떻게든 그와 백매화 검수들을 뒤로 물러서게 한
후 자신이 적을 상대할 작정이었다. 처음으로 승패의 확신이
없는 싸움에 나서게 된 것이다.

눈부신 검기의 흐름.

도간 도장의 전신이 어느새 찬연한 검기로 에워싸였다.

순간적으로 신검합일을 이룬 도간 도장이 빛처럼 빠르게
공중으로 뛰어올랐다.

"진환아, 검진을 얼른 뒤로 물리거라!"

'사백님……'

가진환은 뇌리 속에서 강하게 울려 퍼진 도간 도장의 일갈
에 주춤하고 걸음을 멈췄다. 이끌고 있던 백매화 검수들 역시

마찬가지다.

그때 그 틈을 타서 도간 도장이 단숨에 가진환과 백매화 검수들이 펼친 매화검진을 뛰어넘어 혈전장으로 떨어져 내렸다. 수백 개가 넘는 매화 모양의 검기 더미 역시 잊지 않았다. 아낌없이 마구 쏟아냈다.

"매화만개!"

가진환이 탄성을 터뜨렸다. 매화검법의 최후 초식인 매화만개를 그 또한 알고 있었다. 여태까진 완벽하게 펼칠 수 있다고도 생각하고 있었다.

지금 이 순간 그 같은 생각이 오만임을 알게 되었다.

그 정도였다.

도간 도장이 신검합일 끝에 펼친 매화만개는 숭고할 정도로 아름다웠다. 일시 가진환과 백매화 검수들이 검진을 계속 유지하는 것조차 잊어버릴 정도였다.

그들은 확신했다.

더 이상 그림자조차 파악하지 못한 적이 화산진중에서 제멋대로 굴 수 없을 것임을.

한데, 바로 그때다.

각기 다른 아름다움을 뽐내며 천지를 가득 메운 수백 개나 되는 매화 송이 사이로 한 가닥 하얀 기운이 솟아올랐다. 제멋대로 검기의 그물을 깨더니, 쏜살같이 도간 도장을 향해 파고들어 왔다.

"사백님!"

가진환은 자신도 모르게 버럭 소리를 질렀다. 다른 백매화 검수들과 달리 그는 느낌뿐이지만, 하얀 기운의 존재를 파악할 수 있었다.

도간 도장 역시 마찬가지다.

그는 자신이 전력을 다해 만들어낸 매화만개가 삽시간에 파훼되었음을 눈치 챘다. 분명히 감이 왔다. 일생 동안 수없이 많이 경험했던 혈전의 나날이 그에게 경고해 왔다.

스으.

도간 도장은 재빨리 신검합일을 풀었다. 뿐만 아니라 구궁보(九宮步)를 전력으로 펼쳐 냈다. 목전까지 이른 죽음으로부터 벗어나야만 했기 때문이다.

추악!

그래도 조금 늦었던 것 같다.

신검합일을 풀고 신형을 뒤로 세 바퀴나 회전시킨 도간 도장의 앞섶이 길게 찢어졌다. 착지와 함께 일어난 바람에 아무렇게나 나부끼고 있었다.

우웅!

도간 도장의 수중에 들린 검이 가벼운 울음을 토해냈다. 아직도 전력을 다해 펼친 매화만개의 기운이 완전히 사라지지 않은 까닭이다.

'위험했다! 처음부터 나보다 윗줄의 고수임을 알고 있었음

에도 단 일 초 만에 이런 낭패한 꼴을 당하게 될 줄이야!'

도간 도장은 길게 찢긴 채 나부끼고 있는 앞섶을 가릴 생각조차 못하고 전면을 주시했다.

자신의 매화만개를 깨뜨리고 앞섶을 찢어놓은 일격을 날린 상대가 모습을 드러내길 기다렸다. 또다시 공격을 가해오기 전 어떤 식으로든 반드시 모습을 드러내리란 판단이었다.

과연 그랬다.

최초의 기습 이래 무려 삼백이나 되는 화산제자들을 죽인 적이 비로소 모습을 드러냈다. 하얀 백광과 희뿌연 그림자만을 남기며 종횡하던 적이 움직임을 멈춘 것이다.

동안(童顔).

나이를 짐작할 수 없는 반백의 머리와 수염.

어찌 보면 세속을 초월한 듯한 선풍도골의 모습인데, 달리 보면 패기가 하늘을 찌르는 천장(天將)을 연상시킨다. 결코 함께할 수 없는 상이한 기운을 극히 자연스레 풍기고 있었다.

'으음, 무림 중에 저와 같은 인물이 있다는 얘기는 들어본 적이 없거늘……'

도간 도장은 내심 침음을 삼켰다.

그는 초절정의 극에 이른 무위를 지닌 화산제일의 고수다. 당연히 당금 무림 중에 그를 압도할 수 있는 고수란 기껏해야 열 명을 넘지 않는다. 그게 세간의 평가였다.

당연히 도간 도장은 오늘 기습한 상대가 대녹림맹의 대맹주인 녹림용제 가첨수라 생각하고 있었다. 그 외엔 방산에서 그리 멀지 않은 이곳에서 이 정도 무위를 보일 수 있는 자가 없다는 판단이었다.

그런데 눈앞의 독특한 외모를 지닌 노인은 완전히 예상 밖의 인물이었다. 녹림용제 가첨수는 물론이거니와 그가 아는 절대고수 중 어느 누구와도 관계가 없었다. 아예 비슷한 인물조차 떠올리지 못할 정도였다.

"무량수불! 노인장은 누구시기에 이리 악독하게 화산파를 핍박하시는 것이외까?"

"화산파? 너희는 화산의 도사들이었던 것인가?"

"설마하니 우리가 화산파임조차 모른 채 혈겁을 저지른 것이외까?"

"몰랐지."

"……."

너무나 천연덕스런 대답에 도간 도장은 순간적으로 폭발할 뻔했다. 평생 동안 쌓아왔던 인내심이 한꺼번에 바닥을 드러낸 것이다.

그러나 도간 도장은 전신의 감각을 몽땅 활성화시켰음에도 눈앞의 괴노인의 허점을 찾지 못했다. 모습이 보이지 않았을 때엔 공격이나마 마음껏 해볼 수 있었는데, 지금은 아예 상대해 볼 엄두조차 낼 수 없었다.

'어찌 이럴 수가 있단 말인고! 이 느낌은 마치 전날 태극무검 진 대협을 만났을 때와 다름없지 않은가! 그렇다면 설마 저 노인이 진 대협과 동급의 무위를 이루고 있단 말인가?

있을 수 없는 일이었다. 아니, 그보다는 믿고 싶지 않다 함이 더 옳을 터다.

곧바로 내심 인 의혹을 지우는 도간 도장에게 문득 괴노인이 질문을 던졌다.

"내 일격을 피해낸 걸 보면 자네는 아마도 화산파에서 제법 이름 높은 고수인 게지? 내 한 가지만 물어봄세."

"무얼 묻고자 하시는 것이외까?"

"태극무검 진자운 말이야, 그자와 내 무위를 비교할 때 누가 더 위라고 생각하는가?"

"그건……."

앞서 잠시 생각해 보곤 얼른 지워 버렸던 상념이다. 느닷없이 괴노인의 질문을 접하고 보니 도간 도장은 큰 혼란을 느꼈다. 진자운에 대한 믿음이 확고함에도 불구하고 쉽사리 대답을 하지 못했다.

괴노인이 그의 그 같은 마음을 곧 파악해 냈다.

"태극무검 진자운! 과연 당세제일인이라 불릴 만한 존재로군. 설마하니 내 무위를 직접 접하고도 마음속에 믿음이 남아 있다니 말야."

"만약 이 자리에 태극무검 진 대협이 있었다면 노인은 결코 살아남지 못했을 것이오!"

"과연 그럴까?"

"그렇소이다! 태극무검 진 대협은……."

"거기까지!"

괴노인이 나직한 일갈과 함께 또다시 예의 백광을 일으켰다. 모습 역시 감췄다.

'온다!'

도간 도장은 괴노인과 대화를 나누던 중에도 결코 방비를 게을리 하지 않고 있었다. 언제든 그가 다시 기습해 올 수 있음을 알고 있었기 때문이다.

그러나 지척지간에서 펼쳐진 괴노인의 백광은 빨랐다. 도간 도장의 예상을 월등히 뛰어넘을 정도였다. 알고 있었음에도 도저히 막을 수 없었다.

푸학!

도간 도장의 검이 들려져 있던 오른팔이 바닥에 떨어져 내렸다. 그리고 곧바로 다른 쪽의 왼팔 역시 똑같은 꼴을 당했다. 초절정의 극에 이른 고수인 그가 전심전력을 다 집중하고 있었음에도 단숨에 양팔을 몽땅 잃어버린 것이다.

"도간 사백님!"

"도간 사백님!"

가진환과 백매화 검수들이 일제히 절규했다. 그들은 매화검진을 펼친 채 곧바로 괴노인과 도간 도장을 향해 달려들었다. 위위구조의 수법으로 도간 도장을 구하려 했다.

도간 도장이 피에 젖은 채 소리쳤다.

"도간이 장문인을 대신해 명한다! 화산의 제자들은 지금 당장 퇴각하라!"

"도간 사백님!"

"진환이와 백매화 역시 마찬가지다! 당장 퇴각하라! 이건 명령이다!"

도간 도장은 거의 울부짖듯 소리쳤다. 단 한 명이라도 화산 제자들을 괴노인의 마수로부터 구하기 위한 몸부림이었다.

그러나 이미 그를 떠난 괴노인은 또다시 백광을 일으켰고, 가진환이 중심이 된 매화검진을 단숨에 찢어발겼다. 백매화 검수 다섯이 그의 일격을 감당하지 못하고 절명했다.

"이놈! 이놈! 이놈!"

가진환이 울부짖으며 검기를 일으켜 괴노인을 찔러갔다. 그러나 그의 검이 미처 닿기도 전에 괴노인은 다른 화산제자들에게 달려들고 있었다. 수백 마리 양 떼 속에 한 마리 사자가 뛰어든 것이나 다름없는 형국이었다.

그런데 갑자기 괴노인이 살육을 멈추고 뒤로 물러섰다. 모습 역시 다시 드러냈다.

살짝 한쪽으로 기울어진 귀.

그의 해맑은 동안에 작은 그늘이 만들어졌다. 흉소라 해도 과언이 아닌 미소였다.

"허허, 또 손님들이 오고 있는가? 오늘은 좀 바쁘게 됐지 않은가……."

'손님이 또 온다고?'

가진환의 뇌리 속으로 얼마 전 사천성을 떠난 아미파와 당문이 주축이 된 사천정의련 소속 무인들이 섬서성을 지났던 소식이 스쳐 갔다.

사천성에서 이곳 산서성으로 오기 위해선 반드시 섬서성을 거쳐야만 한다. 지리적인 문제다.

그래서 사천정의련 소속 무인들은 화산파보다 정파 연합군의 대 대녹림맹 포위전에 대한 합류가 며칠 늦었다. 분명 그리 들었다.

그때 가진환과 남은 백매화 검수들을 살핀 괴노인이 입가에 머물러 있던 흉소를 거두고 훌쩍 하늘로 날아올랐다. 처음 기습해 들어왔을 때처럼 갑작스런 퇴각이었다.

풀썩!

양팔을 잃고도 양 발을 단단히 지축 위에 딛고서 서 있던 도간 도장이 힘을 잃고 쓰러져 내렸다.

가진환이 울음을 얼굴에 담고서 달려가 그를 부축했다.

"사백님! 사백님!"

도간 도장이 가까스로 정신을 되찾았다. 그는 핏기없는 얼굴로 가진환을 살핀 후 힘없이 중얼거렸다.

"진환아, 다친 곳은 없느냐?"

"없습니다. 한 군데도 다치지 않았습니다."

"백매화들은?"

"다섯이 절명했습니다만, 아직 다섯이 남았습니다."

"그렇게나 많이……."

도간 도장이 두 눈에 주르륵 눈물을 쏟아냈다.

백매화.

화산파의 정화라 할 수 있는 정예다. 그들 중 다섯을 잃었다는 건 후일 화산파를 이끌 동량이 그만큼 줄었음을 의미했다.

그러나 도간 도장은 곧 심정을 추슬렀다. 이곳은 이미 전장이었다. 아무리 마음이 쓰리다 한들 계속 넋을 놓고 있을 수만은 없었다.

"진환아, 이제부터는 네가 이곳의 수장이니라. 얼른 사방으로 제자들을 보내서 대녹림맹의 또 다른 기습에 대비하거라!"

"예, 알겠습니다. 그런데 사천정의련에는 전령을 보내지 않아도 되겠습니까?"

"사천정의련은……."

잠시 말끝을 끈 도간 도장이 고개를 천천히 가로저었다.

"…사천정의련 역시 액겁을 피하긴 힘들 것이니라. 그자는 귀신이니라. 결코 인간의 힘으로 막을 수 없는 귀자(鬼子)야."

"그래도 이대로 본 파가 모른 척한다면 후일 강호동도들에

게 면목이 서지 않을 수도 있습니다. 어떻게든 소식을 전해야
만 한다고 생각합니다.”

“정녕 그리 생각하느냐?”

“예.”

고개를 주억이는 가진환을 도간 도장이 대견한 듯 바라봤
다.

“나는 이미 네가 이제부터 수장이라 하였다. 네가 진정 그
리 생각하였다면 어찌 망설인단 말이더냐? 나는… 나는 이제
무척 피곤하구나. 뒷일은 이제 네가 알아서 하도록 하거
라…….”

“예! 예, 알겠습니다!”

자신의 품 안에서 천천히 눈을 감는 도간 도장에게 얼른 대
답한 가진환이 잠시 염두를 굴린 후 백매화 검수 하나를 불러
명했다.

“사제, 중양은 그리 작지 않은 성시일세. 분명히 북개방의
분타가 있을 테니, 즉시 달려가서 이곳의 소식을 전하도록 하
게.”

“사천정의련 쪽이 아니라 북개방의 분타로 달려가는 겁니
까?”

“그래. 전해야 할 말은 이걸세.”

가진환이 자신의 소맷자락을 찢어서 동문들이 흘린 피로
네 개의 글자를 휘갈겨 썼다.

귀자래요(鬼子來了:귀신이 온다)!

가진환에게 소맷자락을 받아 든 백매화 검수가 얼른 고개를 숙여 보이곤 신형을 날렸다. 천하제일의 정보망을 지닌 개방의 힘을 빌어 정파 연합군에게 오늘의 참변을 알리고, 경각심을 고취시키는 게 목적이었다.

그것이야말로 귀신을 만나고도 한 치도 뒤로 물러서지 않은 화산파의 의기를 천하에 알리는 길이었다. 도간 도장으로부터 화산파 무리의 수장 자리를 이어받은 가진환은 그에 대해 한 점의 의심도 품지 않고 있었다.

*　　　*　　　*

탁!

옥성 사태는 정파 연합군의 중군 막사에 앉아 속속 날아들고 있는 첩보들을 살피던 중 이마를 손으로 짚었다. 그 서슬에 그녀 앞에 잔뜩 쌓여 있던 서류 중 몇 개가 아무렇게나 바닥으로 나뒹굴었다.

옥성 사태는 평소와 달리 바닥에 떨어진 서류를 얼른 집어 들지 않았다. 이미 검토가 끝난 것이기도 했으나 머리가 너무 아파서 잠시 만사가 귀찮아진 까닭이기도 하다.

'귀자래요! 귀자래요! 지난 십수 일간 산서성 방산을 향해 포위진을 구축해 오던 구파일방과 팔대세가를 비롯한 정파 연합군 중 다섯 무리가 기습을 당했다. 덕분에 방산 부근 백여 리 밖에 포진시킨 대포위진세의 몇 군데가 허술해지고 말았어. 고작해야 일인! 진 대협의 명을 받아 정파 연합군에 합류한 개방과 하오문의 정보 조직을 총동원해 알아본 결과 방산 일대에 포진하고 있는 대녹림맹의 녹림군에는 녹림용제가첨수가 있다. 그는 단 한 발자국도 방산을 떠나지 않고 있어. 이야말로 귀신이 곡할 노릇이 아닌가? 정말 귀신이라도 나타난 것인가!'

옥성 사태는 정파 연합군의 대 대녹림맹 포위진세를 최초 입안한 사람이다.

무수히 많은 정보를 취합한 후 시행한 작전.

당연히 느닷없이 벌어진 예상 밖의 상황에 당황하지 않을 수 없었다. 이대로는 방산 부근 백 리 밖에서부터 포위진을 형성한 후 소수의 정예를 투입해 승부를 결착하려던 애초의 작전 자체가 무위로 돌아갈 위험성이 있었다.

귀신이란 불안 요소의 제거가 선행되지 않는 한 자칫 그 같은 작전은 정파 연합군의 포위진 자체의 괴멸을 부를 수도 있었기 때문이다.

'그렇다고 해서 대녹림맹의 십만이나 되는 녹림군과 마냥 장기전을 벌일 수는 없다. 그랬다가는 얼마나 많은 인명이 이번 대전에서 죽어나갈지 알 수 없어. 무림의 정기 자체가 완전히 쇠할 수도 있는 위험을 자초할 수 없기도 하거니와… 자칫 마교의 소리산이 다른 마음이라도 품게 된다면 정파 연합군 자체가 괴멸적인 타격을 입을 수 있다.'

지끈!

머리가 깨질 것 같다. 그 정도의 두통이다.

옥성 사태는 무수히 많이 이 같은 상황을 경험했을 전 무림맹 총군사 현인 제갈효를 떠올리며 내심 고개를 가로저었다. 자신의 무림대전에 대한 경험이 지나치게 일천하단 생각이 들었기 때문이다.

그때 막사 안으로 그림같이 아름다운 여인이 들어섰다.

봉황여제 모용청려.

천하에서 가장 강하고 여신같이 아름다운 그녀가 옥성 사태에게로 돌아왔다.

"매, 맹주님!"

옥성 사태가 언제 두통에 고생했냐는 듯 반색을 하며 자리에서 일어섰다. 예상치도 못했던 귀신에게 짓눌린 현 상황에서 복귀한 모용청려의 존재가 여신보다도 더 아름답고 감미로웠다.

◆ 第七十九章 ◆
무릇 남아라면 일기토가 아닌가 !

"사태에게 너무 큰 짐을 짊어지게 했네요. 그동안 고생이 많았지요?"

"사실 맹주님께서 말없이 떠나신 후 상당히 많은 일이 있었습니다. 예상치도 못한 일이 연달아 터져서 고전하고 있었지요. 지금이라도 맹주님께서 돌아와 주셨으니, 빈니는 그저 감사할 따름입니다."

"……."

옥성 사태의 지극히 솔직한 대답에 모용청려가 얼른 입을 다물었다. 할 말이 없었기 때문이다. 대신 그녀의 뒤를 따라 막사 안으로 들어선 진자운이 말을 받았다.

“여어! 사태, 이쪽으로 달려오다 보니까 귀신인가 뭔가 하는 작가가 제멋대로 난리를 피우고 있다던데, 대비책은 자알 세워놓으셨소이까?”

옥성 사태가 진자운에게 살짝 고개를 숙여 예를 갖춰 보인 후 말했다.

“본래 전혀 대비책이 없었는데 진 대협 덕분에 생겼습니다. 미리 빈니가 감사드리겠습니다.”

“설마 그 대비책이란 게…….”

“진 대협일 게 뻔하지 않겠습니까?”

옥성 사태가 못을 박듯 말했다. 진자운으로선 뒤통수만 긁적일 수밖에 없다.

그 모습을 보고 내심 고소를 지은 모용청려가 말했다.

“그런데 진 사형, 북경에서 오기 전에 이번 대전을 종식시킬 몇 가지 수단을 강구해 놨다고 하지 않았던가요?”

“강구했지. 강구하긴 했는데…….”

“했는데?”

“아무래도 이 망할 늙은이들이 산서성으로 달려오다가 내 말에 따르지 않고 제멋대로 행동하기 시작한 게 아닌가 싶어. 워낙에 개성들이 강하고 자존심이 하늘을 찌르는 늙은이들이라서 말야.”

‘개성 강하고 자존심이 하늘을 찌르는 늙은이들이라…….’

옥성 사태의 눈에 슬며시 이채가 스쳐 지나갔다. 진자운이 한 말을 듣고 갑자기 근래 받아 든 몇 가지 첩보를 떠올릴 수 있었던 것이다.

"진 대협, 빈니가 근래 접한 첩보 중에 몇 가지 호기심을 자아내는 것이 있었습니다. 혹시 우둔한 빈니에게 가르침을 내려주시지 않겠습니까?"

"난 본래 누굴 가르치는 건 그다지……."

"사형!"

모용청려의 조용한 외침에 진자운이 입술을 비죽이 내밀었다. 심통이 살짝 난 모습이다. 그래도 그는 군소리없이 옥성 사태에게 설명했다.

"내가 강구한 수단이란 다름 아닌 세 명의 쓸모없이 자존심만 센 늙은이들로 하여금 정파 연합군을 몰래 돕게 하는 것이었수다. 정파 연합군에 세 명의 절대고수가 끼어든다면 대녹림맹의 녹림도들이 아무리 숫자상 우세하다 해도 쉽사리 도발하진 못할 테니까 말요."

모용청려가 첨언했다.

"사태, 게다가 하남성에서 각원 사부님도 소림사의 고수들과 함께 이번 대전에 참가하셨어요. 그러니까 정파 연합군은 네 명의 절대고수와 함께 동서남북에서 대녹림맹을 압박할 수 있게 된 거지요."

옥성 사태가 진자운과 모용청려에게 연달아 고개를 끄덕

여 보였다.

"그렇군요. 근래 들어 산서성 곳곳에서 벌어진 녹림도와의 크고 작은 싸움에서 정파 연합군 소속 문파들이 대부분 낙승을 거뒀다는 소식을 전해 들었습니다. 녹림도들의 숫자가 상당히 많은 곳에서조차 일방적인 승리를 거뒀다기에 이상하게 생각했는데, 그 같은 사연이 있었다니 참으로 놀랍습니다. 만약 정체불명의 귀신에게 몇 개 문파가 심각한 타격을 입지 않았다면 벌써 대녹림맹에 대한 포위섬멸에 들어갈 수 있었을 텐데, 정말 아쉽게 되었습니다."

진자운이 고개를 가로저었다.

"그건 사태가 착각하신 거요."

"예?"

"내가 북해빙궁주 북천대룡과 녹림패도왕, 풍운신개 선배 등을 이번 대전에 끼워 넣은 건 대녹림맹의 녹림도들을 섬멸하기 위함이 아니오. 만약 그런 생각을 하고 있었다면 이미 무림에서 은퇴한 각원 대사님까지 불러들이진 않았을 거요. 나 또한 끼어들지 않았을 거고 말이오."

"그럼 진 대협의 뜻은?"

"나는 대녹림맹의 십만 녹림도들의 생명을 구하고 싶소. 정파 연합군의 정파인들과 마찬가지로 말이오."

"……."

옥성 사태는 새삼스런 표정으로 진자운을 바라봤다.

지금 자신의 앞에 서서 극히 멋있는 말을 하고 있는 사내가 언제나 얄궂은 미소를 입가에 매단 채 제멋대로 모든 일을 행하곤 하던 바로 그 사람이 맞는가 싶었기 때문이다.

천하가 인정하는 당세제일의 무인!

하지만 그 외엔 어디 하나 쓸 만한 구석이 보이지 않는다. 적어도 봉황여제 모용청려가 마음 깊숙이 애모하는 상대로는 전혀 어울리지 않는다. 그리 생각하고 있었다.

그런데 지금 그는 대단히 멋있어 보였다. 진정 천하의 안녕과 평화를 위해 자신을 불태우는 정파의 대협 같은 광채를 뿜어내고 있었다.

'사람이 갑자기 그리 달라질 수 있는 것인가?

옥성 사태는 내심 고개를 가로저었다. 절대로 그런 일은 있을 수 없다고 생각했다.

잠시의 침묵 끝에 옥성 사태가 말했다.

"진 대협, 빈니에게 진짜 이유를 말해주시면 안 되겠습니까?"

"진짜 이유?"

"예."

옥성 사태의 담담한 대답은 종용과도 같았다. 모용청려 역시 진자운을 물끄러미 바라봤다. 그녀 역시 진자운의 지나치게 대협과도 같은 대답에 강한 위화감을 느끼고 있었음이 분명하다. 단지 질문을 던지지 못했을 뿐.

으쓱!

어깨를 한차례 추어올린 진자운이 안색을 험악하게 일그러뜨렸다.

"다들 너무하구만. 진짜로 나는 십만이나 되는 산도적들이 떼 몰살을 당하는 걸 두고만 볼 수 없어서 나선 거구만. 뭐, 거기다 한 가지 사소한 이유를 더 들자면, 이번 천하대란의 원흉인 북리 노야란 작자를 내 손으로 박살 내고 싶다는 정도가 더 따라붙긴 하지만서도."

'결국 맹주님의 부친인 모용 노가주님의 복수를 위해 대전에 참가하긴 했지만… 그로 인해 대녹림맹의 녹림도들이 피해를 입는 건 원치 않는다는 뜻인가?'

'사형은 결국 아버님의 죽음으로 인해 이번 대전에 참가하게 된 거로구나. 그리고 그건 역시 나 때문에……'

옥성 사태는 눈에 다시 이채를 담았고, 모용청려는 묘한 슬픔과 기쁨을 동시에 느꼈다. 두 사람 모두 한동안 진자운을 뚫어져라 쳐다보고 있었다.

진자운이 문득 옥성 사태에게 질문을 던졌다.

"그런데 사태는 혹시 내가 이번 대전에 참전시킨 세 늙은이들에 대해 이미 알고 있었던 거요?"

"어느 정도는 파악하고 있었습니다. 진 대협 덕분에 개방과 하오문도들의 도움을 확실하게 받고 있었거든요."

"쳇, 그놈들이 벌써 꼰지른 거였구만. 그럼 이제 모든 것이 확실해졌으니, 어찌하실 작정이오?"

"먼저 귀신을 잡아야겠지요."

"미리 말해두겠는데, 그 귀신은 내 거니까 아무도 건들 생각 않는 게 좋을 거요."

"진 대협께서 맡아주신다면 더할 나위 없이 좋은 일이지요."

"그 외엔?"

"내우외환(內憂外患)의 방법으로 대녹림맹을 안팎으로 흔들어볼 작정입니다."

'안에서 소리산이 흔들고 밖에서 철 맹주가 두드리게 할 작정이구만. 뭐, 나쁘지 않은 방법일 테지. 그렇게 안팎으로 뒤흔들려서 녹림도들이 흩어지면, 생각보다 쉽게 그 북리 노야란 귀신을 붙잡을 수 있을 테니까.'

진자운이 입가에 음흉스런 표정을 매달았고, 옥성 사태는 살짝 미소를 지어 보였다.

이심전심(以心傳心)이랄까?

이번 대전에 있어선 이상할 정도로 마음이 잘 맞는 두 사람이었다.

"시행 시기는?"

"슬슬 방산 부근 백여 리까지 정파 연합군의 포진이 이루어지고 있습니다. 진 대협만 괜찮으시다면 당장 오늘 밤이라도 상관없을 것 같습니다만?"

"오늘 밤이라……."

진자운이 나직한 중얼거림과 함께 시선을 방산 쪽으로 던졌다.

막사 안.

방산 방면이 보일 리가 없는데, 그의 시선은 마치 신안(神眼)이라도 된 것처럼 전혀 개의치 않는 것 같다.

*   *   *

방산.

녹림용제 가첨수는 십여 일 만에 돌아온 사부 북리단야를 보고 일시 안색을 딱딱하게 굳혔다.

흑발에 흑염.

주름 하나 보이지 않는 불그스레한 동안.

단 십여 일 만에 북리단야의 외양은 지나칠 정도로 많이 변해 있었다. 겉에서 자연스레 뿜어져 나오는 절대적인 기도만 아니면 가첨수조차 쉽사리 알아보기 힘들 정도의 변화였다.

"사부님, 어떻게……."

"허허, 반노환동(返老還童) 같은 건 아니니라. 그냥 오랜만에 손발을 놀리다 보니 마음이 즐거워지고 몸이 강건해졌다고나 할까?"

'마음이 즐거워지고 몸이 강건해졌다… 그게 반노환동이

아닌 것인가?

가첨수는 문득 자신의 눈앞에 서 있는 사람이 요괴처럼 보였다.

백발백염의 선풍도골 같은 외모.

당시에도 두려움이 있었다.

하물며 느닷없이 일 갑자는 훌쩍 젊어진 듯 패기 가득한 북리단야의 모습을 보자 심중에서 오한이 치밀어 올랐다. 어찌해 볼 수 없는 무력감 역시 동반하고 있다.

그때 북리단야가 제멋대로 부근에 놓여져 있던 태사의에 몸을 실었다. 가첨수의 자리를 아무런 허락도 없이 차지하고 앉은 것이다.

건들!

다리 하나를 들어 다른 쪽 무릎에 꼬아 올린 북리단야가 가첨수에게 고개를 한차례 추켜 보인다.

"전황을 보고하거라!"

가첨수가 얼른 내심 인 두려움을 떨치고 대답했다.

"사부님이 방산 본진을 떠나신 직후부터 제자는 녹림군을 열 개로 나눠서 계속 정파 연합군에 대한 각개격파에 들어갔습니다. 일차적으로 그들의 기본 전략인 대포위진의 고리를 부수는 게 목적이었습니다. 하지만 제자가 불민하여 근래 들어 연달아 패배를 당하고 말았습니다."

"네 전략은 당연하다. 그런데 이상하구나. 그동안 내가 부산히 움직여서 대여섯 개 문파의 움직임을 늦추고 괴멸적인 타격을 입혔거늘 어찌……."

"그게 제자도 이해할 수 없는 일입니다. 사부님의 활약으로 정파 연합군의 대포위진은 상당 부분 약해졌을 게 분명한데, 십로로 나눈 녹림군은 힘 한 번 써보지 못하고 패배를 당했습니다. 필시 무언가 저희가 모르는 다른 세력이나 고수들이 대거 이번 대전에 끼어든 게 분명해 보입니다."

"결국 첨수, 네 말은 그에 대해선 아직 밝혀낸 게 하나도 없다는 뜻이로구나?"

"그게……."

가첨수가 잠시 말끝을 흐렸다.

그때 두 사람만이 존재하고 있던 사령실의 문을 열고 소리산이 모습을 드러냈다. 본래는 가첨수가 부르기 전까지 문밖에서 대기하고 있어야만 했으나 임의대로 사령실로 들어섰다.

"북리 노야, 못 본 새에 세월을 역류하여 젊음을 되찾으신 것을 경하드립니다!"

"흥, 아직까지 살아 있었던가?"

북리단야는 갑작스런 소리산의 등장에도 그다지 놀란 빛이 없었다. 처음부터 그의 존재를 눈치 채고 있었던 것 같다.

'저 요괴 늙은이라면 능히 그럴 수 있을 테지…….'

내심 중얼거린 소리산이 얼른 북리단야에게 다가가 정중

하게 허리를 숙여 보였다.

"아직 이 소 모는 죽을 때가 되지 않았습니다. 혹여 북리 노야의 심사를 불편하게 만들었더라도 부디 너그러운 마음으로 용서해 주시기 바랍니다."

"여전히 말은 번드르르하게 잘하는군. 네 생사 여부는 다음 할 말에 달렸음도 알고 있으렷다?"

"물론입니다."

다시 허리를 숙여 보인 소리산이 곧바로 전날 녹림용제 가 첨수에게 전했던 사항을 고했다. 중간중간 적당한 설명 역시 빼놓지 않았음은 물론이다.

"…그런즉, 북리 노야께서 여전히 천하를 얻고자 하신다면 이 소 모가 세상에 살아 있는 게 나을 것 같습니다."

"흠."

북리단야는 별다른 동요를 보이지 않았다.

자신이 지난 이 갑자 동안 이룩했던 모든 것들이 무너졌다는 얘기를 들었다. 아무리 자제력이 성인(聖人)의 경지에 이르렀다 해도 조금쯤은 인간적인 반응을 보이는 게 당연한데, 그에겐 아예 그런 기미조차 보이지 않는다.

'과연 사부님……'

가첨수는 진심으로 감탄했다. 자신으로선 결코 따르지 못할 자제력이라 여겼다.

그때 북리단야가 갑자기 입을 쩍 벌리더니, 고개를 옆으로 살짝 기울여 보였다.

"하음, 그러고 보니 그동안 내 앞을 가로막고 있던 게 무언지를 확실히 알게 되었구나."

"무슨……."

"소리산, 자네 덕분에 마지막 단계를 넘어설 수 있게 되었다는 걸세. 그런 점에서 고맙다고 생각해야 할 테지. 내 감사의 인사를 하겠네."

"……."

소리산은 말뿐이 아니라 진짜로 태사의에서 일어서 자신에게 고개를 숙여 보이는 북리단야의 모습을 보고 두 눈을 크게 치켜떴다.

뇌리를 스치는 한 가지 생각.

'마지막 단계를 뛰어넘었다고 했는가? 그 말은 방금 전의 내 말을 듣고 그동안 넘지 못했던 무(武)의 한계를 뛰어넘었다는 건데…….'

소리산은 큰일 났다고 생각했다. 방금 전까지 전혀 예상조차 못했던 일이 벌어진 것이다.

그때다.

소리산을 향해 심중을 짐작치 못할 미소를 던지고 있던 북리단야가 가첨수를 향해 슬쩍 시선을 던졌다. 명령 역시 자연스레 뒤따른다.

"첨수야, 그동안 어째서 십로의 녹림군들이 정파 연합군의 제문파들에게 패배했는지 알겠구나. 야습이다! 그중 네 녀석 정도의 고수가 네 명이나 포함되어 있으니, 당장 군세를 모아서 방어진을 펼치도록 하거라!"

"네, 네 명입니까?"

"그래."

그 말을 끝으로 북리단야가 곧바로 신형을 박차고 하늘로 치솟아올랐다.

콰작!

사령실의 지붕에 단숨에 구멍이 뚫렸다.

평생에 몇 차례 없을 정도로 황망한 상태에 빠진 소리산의 뇌리로 담담한 북리단야의 목소리가 울려 퍼졌다.

"간교한 마교의 종자야! 네, 첨수를 속여 넘길 수 있었을진 모르나 어찌 나한테까지 그런 수작이 통할 수 있었겠는가? 오늘 밤 정파의 기둥을 모조리 죽인 후 네놈과 마교의 종자 모두를 이 땅에서 쓸어버리고 말리라!"

소리산의 안색이 딱딱하게 굳었다.

북리단야에게 자신의 의도가 모조리 들통났기 때문이 아니다. 오늘 밤 네 명이나 되는 절대고수를 앞에 두고서도 자신감에 차 있는 북리단야의 태도에 그는 심혼이 얼어붙는 듯한 두려움을 느꼈다.

'역시 그 방도밖에 없는 것인가? 내 정녕 어쩔 수 없이 무림 역사상 다시없을 악인이 되어야만 하는가!'

소리산의 뇌리 속으로 방산 부근에 매설해 놓은 수만 근의 화약이 스쳐 갔다. 그동안 만총의 지휘하에 대녹림맹에 침투시킨 지밀대 요원들을 통해 준비한 최후의 한 수였다.

만약 그것을 모조리 터뜨린다면!

방산 부근에 모여든 대녹림맹과 정파 연합군은 거의 괴멸적인 피해를 볼 게 뻔했다. 지밀대 요원들과 소리산 본인 역시 죽음을 면치 못할 테지만 분명 그러했다.

그때 가첨수가 늠름한 시선을 소리산에게 던져 왔다.

"당장 천마신교와 마도의 고수들을 방산 쪽으로 집결시켜 주시오! 내 오늘 밤 사부님과 손을 잡고 정파의 기둥을 모조리 잘라 버린 후 북경을 향해 진군할 것이오!"

"그리하겠습니다."

소리산이 언제 고심 속에 빠졌었냐는 듯 냉큼 가첨수에게 허리를 숙여 보였다.

태극잔월야(太極殘月夜)!

두 번째 태극검해의 신화라 불리는 잔월이 떠오른 밤의 대전의 시작이었다.

*　　　*　　　*

사령실의 지붕을 뚫고 잔월만이 흐릿한 빛을 던지고 있는 방산 산정으로 솟구쳐 오른 북리단야의 시선이 천지사방을 살폈다.

심안.

혹은 천안통이라 불리는 수법으로 눈이 아니라 마음으로 방산 일대 백여 리를 살펴보았다. 방산 일대에 펼쳐져 있는 대녹림맹의 군진을 네 갈래로 가로지르며 파고드는 천지합일의 기운을 읽기 위함이었다.

'하늘에 닿은 빙기와 패기, 바람과 같이 마음대로 종횡하는 기운, 내외가 고르게 합치된 안정적인 기운까지…….'

내심 네 방향에서 방산으로 파고들고 있는 기운을 읽어낸 북리단야가 통쾌하다는 듯 대소를 터뜨렸다.

"크하하핫! 오늘 이곳 방산에 천하의 고수들이 모조리 모였구나!"

네 방향에서 몰려들던 기운의 당사자들이 얼른 그의 말을 받았다.

"북해의 제왕인 북천대룡이 왔느니, 노적은 냉큼 목을 내놓는 게 좋을 것이니라!"

"노적아! 녹림의 형제들을 어찌 전란 속에 파묻히도록 하려 하느냐! 나 녹림패도왕이 결코 이를 좌시하지 않으리라!"

"나 개방의 풍운신개일세. 어차피 승부의 추는 이미 기울어졌다네. 이제 관에 들어갈 날이 얼마 남지도 않은 늙은이들끼리 싸우지 말고 적당히 끝내는 게 어떻겠는가?"

"취불옹! 이 늙은 거지야! 이 늙은 중이 멀고 먼 숭산에서 이곳까지 달려왔는데, 그리 말하면 섭하지! 그 같은 말은 저 귀자와 일단 한차례 화끈하게 놀아본 연후에 할 말일 것이야!"

방산을 중심으로 한 사방.

떨어진 거리가 족히 수백 장이 넘는다. 그것도 방산 일대에 거미줄처럼 포진해 있는 대녹림맹의 녹림군 병영을 일직선으로 꿰뚫어야 한다는 전제가 붙는다.

그런데도 북리단야를 압박하는 네 방향의 목소리들은 기력이 넘치는 게 아예 무인지경을 헤치고 다가오고 있는 것만 같다. 웬만하면 믿을 수 없고 믿기 힘든 사태라 할 수 있었다.

하지만 그건 어디까지나 그들의 신분을 감안하지 않았을 때 할 수 있는 말이었다.

삼패의 일좌인 북해의 신 북천대룡 다루파.

삼왕의 일좌인 북녹림맹 맹주 녹림패도왕 철기량.

그리고 각기 오정의 일좌인 전 무림맹주 불패신권 각원 대사와 개방 전대 대장로 풍운신개 취불옹까지.

오늘 방산에 모인 네 명의 고수는 과거 천하제일을 다투던 구주이십오성 중 아직까지 살아남아 있는 네 명이었다. 평생에 걸쳐 한자리에 모여본 적이 없는 절대고수들이 오늘 밤 대녹림맹과 북리 노야의 천하쟁패 야욕을 분쇄하기 위해 자리를 함께한 것이다.

당연히 아무리 수만이 넘는 대녹림맹의 군진이라 한들 이들 네 고수에겐 무인지경과 진배없었다. 어떤 자들도 감히 그들의 질주를 가로막지 못했다.

삽시간에 네 갈래로 갈라지는 군진.

그 뒤를 쫓아 어느새 백 리나 되는 거리를 십여 리까지 좁혀든 정파 연합군 고수들의 행렬이 보인다. 손에 손에 횃불을 든 그들의 행렬은 그야말로 네 가닥 불뱀의 꿈틀거림이나 다름없다. 분명 그렇다.

평생 다시 보기 어려울 정도의 장관. 분명 누구든 지금 방산의 정상에 섰다면 그리 생각할 터였다.

아니다.

한 사람 동의하지 않는 사람이 있다.

다름 아닌 방산 위를 고독하게 밝히고 있는 잔월과 거의 맞닿는 듯한 높이까지 야천 위로 떠오른 북리단야다.

'허허, 저 네 명 가지고 감히 내 앞을 가로막겠다고? 아니지. 아직 한 명이 부족해. 태극무검 진자운! 어디에 숨어서 날 지켜보고 있는 것인가!'

만약 북리단야가 방금 전 소리산과 만남을 갖지 못했다면 곧바로 네 명의 절대고수를 공격해 들어갔을 것이다. 그들이 한데 모이기 전에 각개격파를 함으로써 승기를 잡는 게 병법상 마땅하기 때문이다.

그러나 지금 북리단야는 변한 상태다.

그동안 용상에 대한 지나친 집착으로 인해 가로막혔던 하나의 벽을 허물고 새로운 영역으로 들어섰다.

지난 이 갑자 동안 준비했던 모든 것이 무용지물로 변했음을 듣고 수많은 사람을 죽임으로써 들었던 마도에서도 빠져나온 상태였다.

더할 나위 없이 완전무결한 상태!

마신.

혹은 신선이라 해도 과언이 아닌 궁극의 경지가 바로 지금 북리단야가 뛰어넘은 지평선 너머에 펼쳐져 있었다. 이제 와서 세간에서 말하는 절대지경에 이른 범속한 자들 따위에게 신경이 쓰일 리 만무하다.

스윽!

심안을 펼쳤음에도 잡히지 않는 진자운을 찾기 위해 북리단야가 주변을 찬찬히 살펴봤다. 그리함으로써 어떻게든 진자운의 존재를 잡아내려 했다.

'실망이로군. 태극무검 진자운, 그자라면 지금 내가 올라 있는 단계를 이해할 수 있으리라 봤건만. 그가 계속해서 숨어 있겠다면 내가 나오게 만들면 될 터!'

북리단야가 잔월을 향해 손을 들어 올렸다.

야천을 밝히는 하얀 빛.

느닷없이 일어난 한 가닥 폭멸의 빛이 쏜살같이 네 방향에서 방산을 향해 압축해 들어오고 있던 절대고수들에게로 파고들었다. 짓쳐 갔다.

“헉!”

맨 처음 폭멸의 빛을 받은 건 네 명 중 가장 앞서서 방산으로 다가들고 있던 북천대룡 다루파였다.

그는 유성과 같은 빛의 폭격에 재빨리 장대한 신형을 뒤로 뒤집었다. 동시에 성명절학인 빙백현공을 극한까지 일으켰음은 물론이었다.

쩌쩌쩌쩌쩡!

다루파가 일으킨 극한의 빙백현공이 형성시킨 빙백현현강(氷魄玄玄罡)의 위력은 절대적이었다. 단숨에 그의 주변 삼십여 장을 빙천동지(氷天冬至)로 만들어 버렸다.

덕분에 근방에 모여 있던 녹림도 수십이 삽시간에 얼음덩이로 화해 나뒹굴었다. 그저 빙백현현강이 일으킨 빙기에 스치기만 했는데도 그리되었다.

그러나 그 같은 엄청난 위세를 보인 장본인인 다루파의 사정 역시 결코 좋지 못했다. 자신했던 빙백현현강을 극한까지 일으켰음에도 불구하고 폭멸의 빛에 가슴이 쩌억 갈라져 버리고 만 것이다.

“이, 이게 무슨 말도 안 되는…….”

당세제일인인 진자운과 싸웠을 때조차 이같이 험한 꼴은 당한 바 없었다.

그런데 어찌 정체조차 모르는 빛 한 덩이에 평생에 걸쳐 쌓아 올린 빙공(氷功)이 몽땅 깨지고, 치명상에 가까운 중상을 입을 수 있단 말인가.

도저히 믿을 수 없는 일이었다. 아니, 믿고 싶지 않은 일이었다.

더욱 놀라운 일이 있다.

다루파의 빙백현현강을 부수고 가슴에 치명상을 가한 폭멸의 빛의 움직임이 그것으로 끝이 아니란 점이었다.

놀랍게도 놈은 아직 힘을 잃지 않고 있었다. 다루파의 가슴을 가르고 하늘로 끝없이 치솟아오르더니, 또다시 유성처럼 밑으로 떨어져 내렸다.

'다른 방향! 설마 또 다른 상대를 찾고 있는 것이냐!'

다루파의 노안이 와락 일그러졌다. 자신에 이어 또 다른 피해자가 생길 거란 걸 깨달은 것이다.

"엥?"

풍운신개 취불옹은 다른 네 방향에서 방산으로 파고드는 고수들에 비해 움직임에 여유를 두고 있었다. 굳이 다루파나 철기량처럼 제일 먼저 방산에 오르려 하지 않았다. 다른 고수들과 선두를 다툴 만한 패기가 없었기 때문이다.

덕분에 그는 최초에 다루파를 공격한 폭멸의 빛이 연달아 다른 고수들을 향해 떨어져 내리는 광경을 똑똑히 목격했다. 어쩔 수 없이 그리되었다.

‘뭐, 저런 말도 안 되는 물건이 다 있는고?’

취불옹의 바람처럼 움직이던 신형이 슬그머니 속도를 늦췄다.

빠르게 뇌리를 스쳐 간 생각 하나.

이런 곳에서 굳이 영웅이 될 필요는 없다는 것과 적당히 사태의 추이를 지켜보는 편이 낫겠다는 판단이다.

‘이대로 발길을 돌려서 달아나 버릴까? 하지만 이번 대전에 남북 개방의 거지새끼들이 무진장 많이 참가했는데…….’

사실 취불옹은 다시 중원으로 돌아온 후 남북으로 찢어져서 으르렁거리며 다투고 있는 개방을 보고 매우 화가 난 상황이었다.

정의파는 무엇이고 오의파는 또 무언가?

개방 자체가 본래 불쌍하고 힘없는 거지들의 권익을 보호하기 위해 생겨난 방회였다. 고작해야 옷을 어찌 입고 어떤 활동을 하느냐를 가지고 싸움박질했다니, 한심하기 짝이 없는 일이었다.

그래도 취불옹은 개방에서 성장하고 잔뼈가 굵은 거지였다. 어찌 됐든 수없이 많은 개방 거지들이 참가한 대녹림맹과의 대전에서 함부로 발을 뺀다는 게 그리 쉽지만은 않았다. 적어도 잠시 동안은 고심을 하게 만들었다.

한데, 그때 번민에 빠져 있던 그의 곁으로 한줄기 바람이 다가들었다.

바람?

취불옹은 볼살을 간질이는 바람의 숨결을 느끼고 왜소한 신형을 움찔거렸다. 왠지 재채기가 막 터져 나올 것 같고 기분이 묘해진 까닭이다.

'이건 또 뭔 일인가?'

취불옹이 내심 눈살을 찌푸렸다. 그때 어느새 그와 어깨를 나란히 하고 선 진자운이 히죽거리며 말했다.

"저 하늘에 둥둥 떠 있는 늙은이인지 젊은이인지 모를 인간은 내가 맡을 거요. 그러니 그렇게 번민에 빠진 표정을 하고 있을 필요는 없수다."

"어! 어……."

"귀신 아니니까 그리 놀란 표정은 짓지 마슈. 처음부터 계속 뒤를 쫓고 있었는데, 선배가 몰랐을 뿐이니까. 그러니 선배는 지금부터 개방 거지들과 하오문도들이나 챙기시오. 혹여라도 대규모 대전이 벌어지게 되면 가장 무공이 낮은 자들부터 죽어나갈 테니까."

"태, 태극무건, 자네……."

"태극무검이오! 이 몇 개 빠졌다고 발음이 새면 어쩌려는 거요?"

"……."

취불옹은 얼른 자신의 이가 몇 개 남지 않은 입을 한일자로 만들었다. 옥수수처럼 듬성듬성 남아 있는 이는 그가 가장 숨기고 싶은 비밀 중 하나였다.

슥!

그런 취불옹을 한차례 돌아본 후 진자운이 지축을 가볍게 찍고는 방산으로 솟아올랐다. 북리단야가 내던진 폭멸의 빛을 보고 더 이상 네 명의 절대고수 틈에 숨어서 사태의 추이를 지켜만 봐서는 안 되겠다는 판단을 내린 것이다.

＊　　　＊　　　＊

'드디어 모습을 드러냈구나, 태극무검 진자운!'

단 한차례 무형검의 기운을 집중시켜서 만들어낸 폭멸의 빛을 던져 세 명이나 되는 절대고수를 물리친 북리단야가 이를 슬쩍 드러냈다.

더할 나위 없이 유쾌한 기분!

평생 동안 염원했던 어떤 것보다 더욱 강렬한 희구를 지금 북리단야는 느끼고 있었다. 어느새 황제가 되어 용상에 오르는 것보다 태극무검 진자운과의 대결이 더욱 중요해져 버린 것이다.

어째서?

북리단야는 굳이 자신의 이 같은 변화에 대해 의문을 품지 않았다. 그러기엔 지금 이 순간 느껴지는 폭풍과 같은 희열이 너무 컸기 때문이다.

'그래도 일단 인사 정도는 해야 되겠지?'

심중에서 인 생각의 편린을 따라 북리단야의 손에 또다시 한 덩이 강렬한 빛이 형성되었다. 또다시 무형검을 집중시켜서 폭멸의 빛을 만들어낸 것이다.

다만 첫 번째 때와 한 가지 다른 점이 있었다.

'이번에는 특별히 두 배의 힘을 담았다. 당세제일인이라 불리는 태극무검 진자운이여! 이 정도쯤은 받아낼 수 있을 테지?'

북리단야는 무심한 뇌까림과 함께 곧바로 진자운을 향해 폭멸의 빛을 내던졌다. 천공에서 떨어져 내리는 유성의 힘을 인간을 향해 쏟아낸 것이다.

번쩍!

기다렸다는 듯 일어나는 빛의 폭멸!

순간적으로 방산의 하늘을 환하게 물들인 한줄기 유성이 진자운을 노린 채 파고들었다.

단숨에 그를 박살 내려 했다.

'헤!'

진자운이 공중으로 치솟아오르는 상태 그대로 신형을 가볍게 이동시켰다.

흡사 선인이 구름 위를 노니는 것 같은 움직임.

제운종이다.

그것만으로 충분했다. 그는 간단하게 첫 번째 빛의 폭멸을 피해내곤 손가락 하나를 튕겨냈다.

티잉!

무당 십단금을 따라 유동한 화경(化境).

또다시 진자운의 배후를 노리며 날아들던 폭멸의 빛을 빙글거리며 돌려 버린다. 팽이처럼 돌고 돌다가 제가 만들어낸 힘을 모조리 잃고 스스로 소멸하게 만든 것이다.

스으.

진자운은 그 광경에 일별조차 던지지 않고 하늘을 날아 방산 위로 올랐다. 북리단야의 시험을 가볍게 통과하고 그의 앞에 도달하는 데 성공했다.

"태극무검 진자운?"

"그리들 사람들이 부르곤 하더구려. 노인인지 젊은이인지 분간이 가지 않는 당신은 북리 노야가 맞소이까?"

"더러 그렇게들 부르기도 하더군. 그런데 지금 내 모습이 노인인지 젊은이인지 분간이 가지 않는가?"

"세수도 하지 않는 거요?"

"근래 들어 갑작스럽게 외형이 변했지. 세수는 제법 자주 하는 편이고."

"거 의외로 말이 잘 통하는구려? 나이 많은 티도 잘 내지 않고."

"그러게 말일세. 역시 나이 따윈 숫자에 불과한 것이었어."

“누가 그런 소릴 한 거요?”

“글쎄. 아직까지 한 사람이 없다면 후일 누군가 그리 말할 지도 모르지 않겠는가?”

“하하, 재밌는 소리도 잘 하시오. 그건 그렇고, 우리 이렇게 말도 잘 통하는데, 이쯤에서 화끈하게 일기토로 승부를 끝내는 게 어떻겠소?”

“일기토?”

“그 왜 삼국지연의 같은 곳에서 장군들끼리 말 타고서 일 대 일로 싸워서 승부를 가리는 거 말요. 무릇 남아라면 일기토가 아니겠수?”

“……”

북리단야가 잠시 재밌다는 듯 진자운을 바라봤다.

일평생.

황제가 되기 위해서 모든 걸 쥐어짜 낸 세월의 연속이었다. 이처럼 시답지 않은 소리를 늘어놓는 상대를 만난 게 언제쯤인지 기억조차 나지 않는다.

‘그래도 이자에겐 그만한 자격이 있긴 하지. 일기토 라……’

내심 고개를 끄덕인 북리단야가 입가에 흐릿한 미소를 담은 채 말했다.

“일기토를 벌이자면 말이 필요하지 않겠는가?”

“말이라면……”

잠시 뒷말을 끈 진자운이 역시 입가에 히죽 웃음을 만들어 냈다.

"…방산이 들판이고 하늘이 말이라고 생각하면 되지. 굳이 그런 걸 따질 필요는 없을 것 같소만?"

"딴은 그렇군. 일기토든 뭐든 어차피 싸움인데, 그런 형식 같은 것에 구애받을 필요는 없겠지."

"바로 그렇수다."

대답과 더불어 진자운이 북리단야를 향해 쏜살같이 파고 들었다. 처음에 말했다시피 형식 따위에 구애받지 않기로 마음먹은 것이다.

◆ 第八十章 ◆
이독제독(以毒制毒)과 낭랑한 웃음소리

핏!

북리단야는 순간적으로 자신을 향해 파고든 그림자를 느끼고 얼른 신형을 옆으로 물렸다. 심안으로 진자운의 기습을 미리 알아차린 것이다.

그렇다 해도 조금 늦었을까?

얼얼한 뺨의 감각.

북리단야는 간일발의 차로 뺨을 스치고 지나간 진자운의 일격을 가늠하며 눈매를 가늘게 만들어 보였다.

'이건 뭐지……?

당세제일의 무인의 첫 번째 공격이다. 최소한 얼마 전까지 자신이 이루고 있던 무형검에 비견될 만한 위력을 기대하고 있었다. 천마신교 총단에서 목격한 바 있었던 태극검해의 잔재는 그 같은 예상을 가능케 만들었다.

그런데 아니다.

방금 전 북리단야를 공격한 일격의 위력은 아예 그것과는 비교조차 되지 않는다.

그게 북리단야를 의혹에 빠뜨렸다. 궁금하게 만들었다.

그러거나 말거나 진자운은 기습적인 방금 전의 공격이 무위로 돌아갈 걸 알고 있었던 듯 신형을 옆으로 빙그르르 돌렸다. 북리단야의 반격에 대비한 동작인 것 같다.

패앵!

그런 게 아니란 건 금세 밝혀졌다.

팽이처럼 회전에 가속을 하며 북리단야의 배후로 돌아 들어간 진자운이 몸 전체로 파고들어 왔다. 무림에서 종종 볼 수 있는 철산고와 비슷한 움직임이다.

콰득!

위력은 상이했다.

북리단야가 아무렇게나 수장을 휘둘러 막아낸 장심을 타고 한 가닥 강력한 기운이 파도처럼 몰려들 정도였다. 웬만한 강기공을 뛰어넘을 정도의 위력이다.

하지만 그렇다 해도 북리단야에겐 어린애 장난 같다. 그 이상의 감흥은 주지 못했다.

그때 진자운의 움직임이 또다시 변했다.

언제 등 쪽을 공격했냐는 듯 다시 신형을 회전시키며 북리단야의 앞으로 이동한 그의 손가락이 연달아 몇 개나 되는 무형지기를 발출해 냈다.

역시 웬만한 강기공을 훨씬 웃도는 정도의 위력!

또다시 대충 강기를 덧씌운 채 수장을 휘둘러 연달아 네댓 개나 날아든 무형지기를 튕겨낸 북리단야의 표정이 변했다. 여태까지의 미혹 어린 기색을 지우고 뭔가를 깨달았다는 얼굴이 된 것이다.

'첫 번째로 날린 것이 권(拳), 두 번째가 고, 마지막은 무형지기였는가? 진자운, 이자는 지금 내게 기본적인 무공을 사용하여 반응을 살피고 있는 것이로구나!'

그렇다.

진자운이 북리단야에게 연달아 사용한 무공은 과거 스스로 독창해 낸 반보무적십팔식이었다.

그는 평생에 다시없을 대적을 만나 먼저 자신의 기본을 돌아봤다. 그러고 나서야 비로소 제대로 된 싸움에 들어갈 수 있다는 판단을 내린 까닭이다.

스팟!

북리단야가 재차 수장을 떨쳐 냈다. 진자운과 맞선 후 처음으로 공세에 나선 것이다.

북리단야의 수장에서 일어난 한 가닥 광전(光電)이 진자운을 향해 직격해 갔다.

단숨에 그를 꿰뚫어 버릴 기세다!

그 모습을 본 진자운이 갑자기 움직임을 멈췄다. 그리고 역시 수장을 내밀어 한 바퀴 회전을 보인다. 처음에 북리단야의 폭멸의 빛을 받아낸 것과 같은 화경이다.

과연 이번에도 북리단야의 광전은 진자운의 화경에 가로막혔다

그의 바로 코앞에 이르자마자 방향을 선회하더니, 빙그르르 주변을 맴돌았다. 화경이 일으킨 극유(極柔)의 기운을 따라 직선의 운동을 곡선으로 바꿔 버렸다.

'무당의 화경이라…….'

북리단야는 진자운이 무당 무학의 극의를 얻었음을 인정하지 않을 수 없었다. 그렇지 않다면 어찌 무형검을 가공해서 만들어낸 빛의 무공을 이리 연달아 막아낼 수 있겠는가.

'그렇다 해도 계속 내 앞에서 장난질치는 걸 지켜만 보고 있을 수는 없을 터!'

북리단야가 결심을 굳힌 것과 동시였다.

그의 전신에서 서서히 후광이 어리기 시작했다. 단숨에 을씨년스럽던 잔월의 빛을 능가하더니, 곧 방산 전체를 환하게 밝혀갔다.

"저, 저기……."

"어어… 어어……."

방산 일대에선 어느새 치열한 혈전이 벌어지고 있었다. 방산을 중심으로 단단한 포진을 갖춘 대녹림맹의 녹림군과 사대고수의 뒤를 쫓아 몰려온 정파 연합군 간의 대치가 서서히 깨지기 시작한 까닭이다.

그렇다 해도 그들에겐 눈이 있다.

느닷없이 방산의 하늘을 온통 환하게 밝힌 빛의 폭멸을 보지 못할 리 없었다. 손에 손에 병장기를 든 채 그들은 일제히 하늘을 올려다봤다. 언제 당장이라도 피를 튀기며 싸우려 했냐는 듯한 모습들이다.

그 와중에 방산 중턱에서 두 명의 절대고수가 만났다.

녹림용제 가첨수와 녹림패도왕 철기량.

한때 녹림이세인 북녹림맹과 장강수로십팔채를 나눠 갖고 있던 녹림의 쌍웅들이며, 사적으론 의형제를 맺은 사이였다. 그런 그들이 지금 살기 어린 표정으로 대치를 벌이고 있었다.

가첨수가 먼저 착잡한 표정으로 말했다.

"철 제, 용서해 달라는 말은 하지 않겠네."

"설혹 입이 열 개가 더 있더라도 그런 말은 하지 못할 테지. 너 같은 자를 의형으로 삼았던 게 한스러울 뿐이다."

"그래, 그 말이 옳아. 하지만 철 제, 내 사리사욕만으로 녹림을 일통한 건 아니었네. 그것만은 믿어주게."

“됐고!”

야박스레 가첨수의 말을 자른 철기량이 두 눈에 흉광을 번뜩이며 등에 매달고 있던 구환대도를 끄집어냈다.

백이십 근의 대도(大刀).

녹림제일이라 불리는 패천무적도법을 완전무결하게 펼치기 위해선 그 정도의 무게는 나가야 한다고 철기량이 주장해서 만들어진 흉기다.

휘잉!

수중의 구환대도를 한차례 휘두르고 도첨을 가첨수에게 겨눈 철기량이 차갑게 외쳤다.

“스스로 녹림용제라고 별호를 바꿨다고? 어디 진짜로 녹림을 일통할 만한 능력이 있는지, 나 철기량이 백이십 근 대도로 알아보겠다!”

가첨수 역시 변명하길 그쳤다.

그의 시선이 방산 아래에서 녹림군과 대치하고 있는 정파 연합군의 군세를 빠르게 훑어간다.

‘생각보다 정파 연합군의 군세가 더 엄청나다. 저 숫자는 어림잡아도 육칠 만은 족히 넘을 정도야. 이런 상황에서 사부님만 믿고 있을 순 없을 터. 철 제와의 싸움은 빨리 끝낼수록 좋을 것이다.’

내심 결심을 굳힌 가첨수가 천천히 폭풍과 같은 기세를 일으켜 전신에 둘렀다. 철기량의 패천무적도법의 강력한 위력으로부터 먼저 몸을 방어한 후 틈을 노려서 승부의 결착을 내겠다는 판단이었다.

"그래, 그렇게 나와야 녹림의 사나이지!"

"……."

철기량이 일갈을 터뜨렸고, 가첨수는 침묵했다. 드디어 녹림제일인을 가리는 대전이 펼쳐지게 된 것이다.

소리산은 여전히 사령실에 머물러 있었다.

다만 변한 것은 그의 앞에 만총과 묵포사신 맹휘가 부복해 있다는 점이었다. 그들은 지난 며칠간 소리산이 내린 명령을 빠짐없이 이행하고 돌아왔다.

그래서인가?

만총이나 맹휘나 하나같이 표정이 사뭇 밝았다.

소리산이 그런 그들을 물끄러미 바라보곤 입가에 쓴웃음을 만들어냈다.

"둘 다 어째서 이곳으로 달려온 것이지? 내 분명히 명령을 모두 이행한 후 십 리밖에 머물러 있는 천마신교 본진으로 떠나라 했거늘."

만총이 슬며시 고개를 숙이며 변명했다.

"저는 분명히 어제 천마신교의 본진에 들렀다가 다시 이곳으로 왔습니다. 명령을 어긴 것은 아닙니다."

맹휘 역시 만총을 따라 고개를 숙인 채 변명에 동참했다.

"분명히 속하에게 만 모사를 쫓으라 명령하셨습니다. 그러니 속하 역시 명령을 어긴 것은 아닙니다."

소리산의 입가에 머물러 있던 쓴웃음의 정도가 조금 더 강해졌다.

"바보들 같으니라구. 죽을 줄도 모르고서……."

만총과 맹휘가 거의 동시에 입가에 미소를 지어 보였다. 소리산이 더 이상 책망치 않을 것임을 눈치 챈 것이다.

"본래 저희가 천마신교에 귀의한 건 어디까지나 대마군님을 따르기 위함이었습니다. 그러니 어찌 대마군님의 곁을 떠날 수 있겠습니까?"

"그렇습니다. 만 모사의 말이 지극히 합당합니다."

소리산이 쓴웃음을 지웠다.

"그래도 자네들이 바보란 점은 달라지지 않아. 어쨌든 일이 이리됐으니, 나랑 싸움이나 지켜보도록 하세."

"존명!"

만총과 맹휘가 비로소 부복을 풀었다. 그중 만총이 얼른 소리산에게 다가갔다. 어느새 눈을 빛내는 게 모사로서 머리를 굴리기 시작한 것 같다.

"대마군님, 과연 태극무검 진자운이 북리 노야를 제압할 수 있다고 보십니까?"

"만총, 자네는 이제 천마신교의 제자야. 성마대공에 대한 예의를 갖추게."

“아, 죄송합니다.”

만총의 얼굴엔 전혀 죄송한 빛이 보이지 않는다. 다만 자신이 던진 질문에 대해 소리산이 어떤 대답을 내놓을지에 대한 궁금증만이 가득하다.

소리산 역시 그다지 개의치 않는 모습이다.

그는 여전히 시선을 방산 전체에서 벌어지고 있는 대전에서 떼지 않은 채 말했다.

“성마대공은 분명히 당세제일의 무인이야. 재론할 여지가 없는 사실이지. 하지만 내가 본 북리 노야는 그야말로 인세에 존재해선 안 될 괴물. 특히 근래 들어선 뭔가 거대한 벽 하나를 뛰어넘은 것 같은 모습을 보였어. 더욱 대단해졌다는 뜻이지.”

“그렇다는 건 역시⋯⋯.”

“어쨌든 모사란 본시 모든 가능성에 대한 대비를 철저히 해둬야만 하는 것이 기본이야. 당연히 성마대공이 북리 노야에게 패할 경우를 대비해야만 하는 것이지.”

“⋯⋯.”

만총은 그동안 소리산의 명에 의해 정파 연합군의 군세에 대한 대녹림맹 내부의 정보 조작을 착실히 진행시켰다. 덕분에 대녹림맹에선 근래 들어 정파 연합군에 참전한 남북 개방과 하오문도들에 대한 정보가 전혀 들어가지 않았다. 완전히 뒤통수를 맞은 격이 된 셈이다.

그 밖에도 그가 한 일은 또 있다.

그는 맹휘와 지밀대 정보 조직의 도움을 받아서 방산 부근에 엄청난 양의 화약을 매설했다. 혹시 진자운과 강화된 정파 연합군이 북리단야와 대녹림맹을 제압하지 못할 경우에 대한 대비였다.

'만약 이번에 태극무검 진자운, 아니… 성마대공이 북리 노야에게 패배한다면, 방산은 천하무림의 거대한 무덤이 되고 말겠구나! 이후 천마신교가 중심이 된 마도천하가 이룩될 건 불을 보듯 뻔한 일일 테고…….'

생각하면 생각할수록 만총은 소리산의 계획이 무섭게 느껴졌다. 모사로서의 자신으로선 결코 넘볼 수 없는 경지에 올라 있는 자에 대한 경의였다.

소리산이 철저하게 관전자스런 목소리로 말했다.

"어쨌든 일단은 지켜보자구. 이런 기막힌 구경거리도 그리 쉽사리 접할 순 없을 테니까 말야."

'기막힌 구경거리라…….'

내심 중얼거린 만총이 다시 입가에 미소를 만들어냈다.

"그렇지요, 분명 그렇습니다."

모용청려와 옥성 사태는 함께 정파 연합군의 본진 지휘에 전력을 기울이고 있었다. 남북 개방과 천하 하오문도들의 대량 참전으로 애초의 계획보다 족히 몇 배나 늘어난 정파 연합군의 통솔이 결코 쉽지 않았기 때문이다.

어쨌든 덕분에 앞서 방산으로의 길을 연 사대고수의 뒤를 따라 진군하기 시작한 정파 연합군의 발걸음은 상당히 가벼웠다. 십만이나 되는 대녹림맹의 군세에 더 이상 누구도 쫄지 않고 있었다.

허수라 해도 과언이 아닌 숫자상 차이의 극복.

그것으로 인한 심리적인 안정이 생각보다 크다는 걸 단적으로 말해주는 현상이었다.

모용청려가 정파 연합군의 각문각파들의 연계에 전적으로 신경을 기울이고 있던 옥성 사태에게 질문했다.

"사태, 마교의 대마군 소리산과는 확실하게 협정을 맺은 것이겠지요?"

"소리산은 지금 방산 산채에 있는 걸로 확인되었습니다. 또한 천마신교가 주축이 된 마도의 군세는 이곳으로부터 십 리 밖에 포진하고 있습니다. 만약 그자가 배신한다면 오늘 정파 연합군은 대녹림맹과의 항전을 포기하고 재빨리 퇴각을 감행해야만 할 줄 압니다."

"모든 점에서 정파 연합군이 불리하군요. 그런데 그런 것치고는 사태의 표정이 상당히 밝은 것 같은데요?"

"당세제일인인 태극무검 진자운 대협과 맹주님이 빈니 곁에 계시고, 구주이십오성에 속했던 네 분의 절대고수가 힘을 보태기로 하였습니다. 어찌 빈니가 오늘의 승부를 자신하지 않을 수 있겠습니까?”

“단지 그것뿐이다?”

“본시 군(軍)을 움직이는 자는 어떤 상황 속에서도 냉정함
과 자신감을 잃어선 안 된다고 현인 선배님께 배움받은 바가
있습니다. 이제 대전이 시작된 이상 오로지 승리만을 생각해
야 하지 않겠습니까?”

“그렇군요.”

모용청려는 문득 옥성 사태의 단호한 모습에 부끄러움을
느꼈다.

정파 연합군을 지휘하면서도 문득문득 떠오르는 얼굴 하
나.

부친 모용진천조차 일격에 죽임을 당하게 만들었던 자를
죽이기 위해 방산으로 향한 진자운이다. 그에 대한 확고한 믿
음을 가지고 있음에도 불구하고 근심까지 몽땅 지우진 못한
다. 그 같은 여심을 지니고 있었다.

‘진 사형을 믿고 나는 지금 이 순간에 최선을 다해야만 한
다! 그게 지금 내가 해야만 할 일이야!’

내심 마음을 굳힌 모용청려가 옥성 사태에게 강인한 미소
를 지어 보였다.

“사태, 군의 지휘에 최선을 다해주세요! 지금부터 나 역시
사태의 지휘에 따르도록 하겠어요!”

“빈니, 삼가 맹주님의 명을 받드옵니다!”

옥성 사태가 한마디 사양도 없이 모용청려의 명을 받아들였다. 군의 지휘에 있어선 그녀보단 자신이 낫다는 걸 잘 알고 있었기 때문이다.

'헤에!'

진자운는 갑자기 망막을 태워 버릴 듯한 강렬한 빛이 북리단야에게서 뿜어져 나오자 입을 가볍게 벌렸다.

절로 경탄 역시 흘러나온다.

만약 자신과 아무런 관계가 없다면 분명 손뼉을 치고 발을 굴러가면서 즐거워했을 터였다. 그럴 만큼 충분히 대단한 일이었기 때문이다.

물론 그는 그리하지 않았다. 자신과 지극히 많은 관련을 맺은 일임을 알고 있어서다.

스으.

진자운은 언제 반보무적십팔식에 집착했냐는 듯 재빨리 신형을 이동시켰다. 어느새 그의 몸 주변을 따라 빙글거리며 회전하고 있던 광전은 깨끗이 자취를 감춰 버렸다. 얼마 전화경으로 제압한 폭멸의 빛과 같은 수순이었다.

진자운은 여전히 그런 데 관심을 보이지 않았다.

그는 한차례 신형을 옆으로 이동시키곤 곧바로 양손을 아무렇게나 밑으로 내려뜨렸다. 처음으로 몸을 한자리에 고정시킨 것이다.

파팟!

파파팟!

기다렸다는 듯 스스로 폭멸의 빛이 된 북리단야의 몸에서 수십 개나 되는 광전이 날아들었다. 다시 화경을 펼쳐서 소멸시켜 보라는 듯한 공격이다.

진자운은 그리하지 않았다.

냉큼 양손을 교차하더니, 자신을 향해 날아드는 광전들 속으로 오히려 파고들어 갔다.

연달아 살을 가르며 스쳐 가는 광전들!

극심한 고통 속에서도 진자운의 표정은 태연자약하다. 영체를 육체의 그릇 속에 옮아 넣는 법을 그동안 확실하게 고안해 놓은 덕분이다.

'제멋대로 몸 밖으로 뛰쳐나가려는 영체를 잡아 묶어놓는 것에 비한다면야 이까짓 생채기 정도…….'

푸학!

순간적으로 광전 중 하나가 옆구리를 가르고 지나갔다.

이번엔 뼈가 드러날 정도의 상처다.

살짝 몸을 떨어 보인 진자운이 히죽 입가에 미소를 만들어 냈다.

'…그동안 울 진가댁한테 하도 두들겨 맞아서 맷집 하나는 죽여주는 몸이라구! 어차피 이번에 장가촌으로 돌아가면 곰탱이 같은 자경이 놈 때문에 진가댁한테 죽도록 두들겨 맞을

텐데, 이번 기회에 맷집이나 좀 더 길러보지 뭐!'

진자운은 순식간에 광전의 파고를 뛰어넘었다.

곧바로 폭멸의 빛에 둘러싸여 있는 북리단야에게 직격해 들어갔다.

정면으로 그와 맞부딪쳐서 승부를 끝낼 심산이었다.

'흐음……'

북리단야는 자신이 연달아 쏟아낸 광전에 진자운이 전혀 대처하지 못하는 걸 똑똑히 목도했다. 그의 화경은 기껏해야 한 개 정도의 광전을 막아내는 게 한계란 것도 역시 알 수 있었다. 이미 예상했던 것과 같은 결과다.

그렇다면 군이 북리단야가 진자운과 맞붙어서 싸움을 할 이유가 없다. 멀리 떨어진 채 무형검을 제련해 더욱 위력을 배가시킨 광전만 쏟아내도 될 터였다.

당장 단 한 차례의 광전 세례를 뚫는 것만으로도 진자운은 피투성이가 되어 있었다. 여기까지가 그의 한계임을 여실히 보이고 있는 것이다.

'처음에 내게 펼쳤던 무공은 뒤로 갈수록 위력이 배가되고 있었다. 당연히 이번에 다시 나와 붙을 때 사용할 무공의 위력은 더욱 강력할 테지. 하지만 군이 내가 그런 얄팍한 의도에 넘어가 줄 필요는 없을 것이다.'

내심 염두를 굴린 북리단야가 진자운의 직격을 피해 공중으로 더욱 신형을 띄워 올렸다.

스으.

덕분에 진자운은 간일발의 차로 북리단야를 놓쳤다. 피투성이가 되면서까지 광전 세례를 뚫고 온 결과치고는 참으로 허무하다 할 상황이다. 분명 그랬다.

히죽!

진자운은 오히려 웃었다. 마치 자신이 원했던 결과를 얻은 것인 양 이까지 드러내며 사악한 미소를 지었다.

그때 기다렸다는 듯 또다시 머리 위로부터 쏟아져 내리기 시작한 광전의 세례!

빙글.

몸 전체를 이용해 화경을 일으킨 진자운의 주변으로 수십 개나 되는 광전들이 제멋대로 튕겨져 날아갔다. 빙글거리며 회전을 일으키면서 저희들끼리 부딪치고 난리를 부렸다.

쉬잇!

그 무수한 빛의 파편을 뚫고 진자운의 신형이 불쑥 위로 치솟아올랐다.

이형환위를 떠올리게 하는 변화.

아니다.

진자운의 속도는 족히 그보다 수백 배는 빨랐다. 언제 광전 세례에 피투성이가 되었냐는 듯 그는 환상과도 같은 움직임을 보이며 다소 안이한 자세로 공중에 떠올라 있던 북리단야에게 파고들었다.

역수(逆手).

광전 세례를 가볍게 통과한 그의 손이 밑에서 위로 그어져 올라갔다.

검기의 충천!

태극무한신공으로 만들어낸 검기를 태극혜검의 최후 초식인 어검비선으로 쏟아낸 것이다.

"이건…….."

북리단야가 폭멸의 빛 속에서 입을 가볍게 벌렸다. 순식간에 자신의 몸을 아래에서 위로 가르고 지나간 태극무한신공의 기운에 마신체 자체가 산산조각났음을 직감한 때문이다.

스으.

진자운이 북리단야가 만든 폭멸의 빛 속으로 들어섰다.

숨결마저 느껴질 정도로 가까워진 두 사람.

근래 얻은 심득을 통해 이룩한 마신체의 소멸을 느끼며 북리단야가 진자운에게 허무한 표정으로 말했다.

"애초에… 이 같은 상황을 염두해 두고서 그런 어리석은 짓을 한 것인가?"

"모용 노가주님 덕분에 당신이 지닌 무공의 약점을 파악할 수 있었기에 사용할 수 있던 방법이오."

"만약 내가 처음부터 전력을 다했다면?"

“툭하면 내 몸에서 벗어나려 용을 쓰는 영체를 보존하지 못하게 되었겠지요.”

“그렇군. 처음부터 승부는 정해진 것이었어…….”

북리단야는 비로소 깨달았다. 진자운이 한 발만 벗어나면 선경에 드는 반선지경에 이르러 있었음을.

마신체.

아무리 강력하다 한들 반선지경과 견줄 수 없는 건 당연하다. 기껏해야 사람이 정해놓은 길을 쫓아서 이룰 수 있는 경지이기 때문이다.

“잘 가시오, 뒷일은 내 알아서 정리할 테니.”

“허허…….”

나직한 웃음과 함께 북리단야의 몸이 잔월 속에 녹아들어갔다. 마신체가 붕괴되면서 인간의 모습을 더 이상 유지하지 못하게 된 것이다.

“이, 이럴 수가 사부님! 사부님이……!”

가첨수는 철기량과의 승부 중 북리단야의 허탈한 웃음소리를 듣고 경악했다. 설마하니 마신이나 다름없던 북리단야가 진자운에게 패할 줄은 상상도 못했기 때문이다.

그 잠깐의 흔들림이 실력이 거의 종이 한 장 차이밖엔 나지 않던 두 사람 간의 승패를 결정하는 원인이 되었다.

푸확!

철기량이 펼친 패천무적도법의 최후 초식인 천멸패도에 팔이 잘린 가첨수가 얼른 신형을 돌리며 날아올랐다. 사부 북리단야가 죽은 이상 승패는 이미 결정되었다는 판단이었다.

"이런 시부랄! 이렇게 도망가게 놔둘까 보냐!"

"……."

철기량이 뒤도 돌아보지 않고 도주하는 가첨수의 뒤를 빠르게 쫓아갔다. 그를 오늘 죽여서 복수를 하고 후한을 남기지 않으려는 판단이었다.

그러나 가첨수는 경공에 있어서 철기량보다 한 수 위였다.

그가 전력으로 도주하자 철기량으로선 결코 따라잡을 수 없었다. 어느새 가첨수는 방산을 뒤로하고 어둠 속으로 완전히 사라져 버렸다.

슥!

거의 십여 리에 걸친 추격 끝에 자신이 가첨수를 놓쳤다는 걸 어렵사리 인정한 철기량이 욕설을 있는 대로 터뜨린 후 발걸음을 돌렸다.

'제기랄, 그리고 보니 이제부터가 문제다! 진 대협의 명대로 빨리 대녹림맹을 수습하지 못하면 십만이나 되는 산적 놈들이 몽땅 떼 몰살을 당하고 말 테니까!'

철기량의 발걸음이 빨라졌다.

　이번엔 구원을 갚는 게 아니라 방산 일대에서 오도 가도 못하게 된 대녹림맹의 녹림도들을 구원하는 게 목적이었음은 물론이었다.

＊　　　＊　　　＊

　태극잔월야의 끝 무렵.
　방산의 천장이 뻥 뚫려 있는 사령실 안에서 소리산과 옥성 사태가 마주 앉았다.
　대전쟁의 끝.
　보통 뒷수습은 두 사람과 같은 모사들의 몫이다.
　“사태, 또 한 번의 대승, 우선 축하드리겠소이다.”
　“빈니가 불민한 탓에 피해가 무척 컸습니다. 대마군의 도움도 무척 컸고요.”
　“그냥 개인적인 은원을 갚고자 했을 뿐입니다.”
　“개인적인 은원이라…….”
　소리산의 뒷말을 나직이 되뇌여 보인 옥성 사태가 두 눈에 혜지 어린 기운을 담았다.
　“이번에 정파무림과 녹림은 모두 꽤나 심한 피해를 입었습니다. 혹여 천마신교와 마도 쪽에서 또 다른 혈겁을 일으킬 의도는 없으실 테지요?”
　“태극검해가 일어난 지 고작 십수 년이 흘렀을 뿐이외다.

아직 본 교에는 교주조차 없거늘 어찌 다시 중원의 일에 신경 쓸 수 있겠소이까?"

"그러함에도 이번 대전에는 잘도 참가하신 것 같습니다만?"

"앞서 말했다시피 개인적인 은원 때문이었소이다. 이제 과거의 은원을 깨끗이 청산했으니, 소 모는 남은 여생을 본 교의 부흥을 위해 사용할 것이오."

"대마군의 능력을 알고 있는 빈니로서는 그 말처럼 무서운 건 없을 것 같군요. 하지만 그렇다면……."

잠시 말끝을 흐린 옥성 사태가 입가에 담담한 미소를 만들어냈다.

"…한동안 무림은 다시 평화를 구가할 수 있겠군요?"

"물론이오. 나는 확실히 이기는 싸움이 아니면 결코 하지 않는 사람이니까."

"예, 그게 저희 같은 모사들의 본분이지요."

"동의하오. 아! 그런데……."

갑자기 생각난 듯 소리산이 옥성 사태에게 질문을 던졌다.

"…태극잔월야 이후에 성마대공과 봉황여제 모용 맹주가 감쪽같이 모습을 감췄다고 들었소만……."

"만약 그런 일이 없었다면 또다시 중원에 진출한 천마신교와 마도 세력을 오만이 넘는 정파 연합군이 그냥 두고 봤을 리 없겠지요?"

"호오?"

소리산의 입가에 괴악스런 미소가 빠르게 스쳐 갔다. 얼마 지나지 않아 무림에 또 다른 평지풍파가 일 수도 있다는 생각을 한 까닭이다.

소리산과 헤어져 방산을 내려오던 중 옥성 사태가 입가에 가느다란 한숨을 매달았다.

"후우! 아무리 빈니가 그동안 못되게 굴었다고 고작해야 편지 하나 달랑 남겨놓고 맹을 떠나다니! 풍운신개 취불옹 노선배라면 차대 무림맹주를 맡기에 부족함이 없는 분이시긴 하지만……."

옥성 사태의 얼굴엔 진한 아쉬움이 떠올라 있었다.

봉황여제 모용청려.

그녀와 함께 무림맹을 맡은 지난 십여 년간 무림은 태극잔월야가 있기 전까지 태평성대를 구가했다. 적어도 정파무림은 그러했다.

이제 한 시대가 끝나고 또 다른 시대가 열리려 하고 있었다.

그에 대비해야만 하는 게 모사의 직무인지라 옥성 사태는 아쉬움으로 인해 발걸음을 계속 늦추고 있을 순 없었다. 한시라도 빨리 이번 대전에서의 정파 피해를 수습하고 새로운 무림맹주를 맞아들여야만 했다. 일이 산더미였다.

*   *   *

호북성으로 향하는 관도 위.

한 쌍의 남녀가 어깨를 나란히 한 채 희희덕거리며 걷고 있었다.

진자운과 모용청려다.

두 사람은 태극잔월야의 싸움 끝에 벌어진 혼란을 틈타서 몰래 방산을 빠져나왔다. 하남성의 숭산에서 산서성 방산으로 향하는 동안 미리 약속했던 대로 대전이 끝나자마자 강호를 등지고 은거에 들어간 것이다.

건들건들.

평소처럼 딱 시정잡배같이 걷고 있는 진자운에게 모용청려가 갑자기 궁금한 듯 물었다.

"사형, 그런데 얼마 전 북경에는 뭐 하러 전서구를 날려 보낸 건가요?"

"아, 그거!"

걸음을 멈추고 모용청려에게 고개를 돌린 진자운이 이를 드러내며 웃어 보였다.

"히히, 그거 사실은 황태자한테 보낸 경고문이야."

"황태자한테 보낸 경고문이오?"

"그놈이 좀 성격이 못돼먹은 놈이거든. 그래서 예전에 북경에 갔을 때 한차례 손을 봐준 적이 있는데, 이번에 내가 다시 은거에 들어가면 옛날처럼 못된 놈으로 돌아갈 수도 있잖아."

"그래서요?"

"그래서 그놈한테 난 본시 선도(仙道)를 수련한 사람이라서 아주아주 오래 산다고 경고를 한 거야. 혹시 나중에라도 황제에 올라서 못된 짓을 하면 내가 반드시 찾아갈 거라고. 그리고 끝에 이렇게 적었지. 부디 성군(聖君)이 되어라!"

"풋!"

모용청려가 진자운의 마지막 말에 결국 참지 못하고 웃음을 터뜨렸다.

황태자한테 진지하게 충고하는 진자운의 모습이라니!

세상에 이처럼 우스운 일은 없다는 생각이 들었다. 그건 진자운의 성격을 알고 있는 어떤 사람이든 다 동의할 터였다. 분명 그랬다.

진자운 역시 그리 생각하는 듯 고개를 살짝 옆으로 기울이곤 히죽거렸다.

"본래 이독제독(以毒制毒)이라고 하잖아. 내가 내 못돼먹은 성질머리로 개 같은 황태자 녀석을 개도했으니, 이 역시 도(道)를 행하는 선인다운 행동인 게지."

"아하하! 그만 웃겨요, 그만!"

모용청려가 배를 잡고 웃었다.

“그렇게 웃긴가?”

“당연하죠!”

단호한 한마디와 함께 두 사람밖엔 없는 관도 위로 한동안 모용청려의 맑은 웃음소리가 낭랑하게 울려 퍼졌다.

『태극검해 2부』완결

끝마치는 말······.

　태극검해 1부에 이어 2부를 끝마치며 드는 생각은 약간의 후회와 후련함이라 할까요?

　같은 주인공의 다른 이야기!

　이런 콘셉트로 시작한 태극검해 2부는 애초에 기획했던 것보다 약 2권가량이 늘어났고, 이야기 자체도 살짝 부풀려졌습니다.

　2부를 진행시키는 동안 개인적인 욕심이 생겨났습니다. 좀 더 이야기를 다채롭게 만들고 싶었고, 창조된 캐릭터 하나하나에게 힘을 좀 더 불어넣고 싶었습니다. 그래서 늘어난 게 2권이었습니다.

　물론 거기에는 현 시장의 독자들이 개인사적인 에피소드보다는 장대한 대전쟁에 좀 더 관심이 많다는 것도 한 가지 이유가 될 것입니다. 실제로 2부를 진행시키면서 그 같은 독자분들의 압박을 받은 것이 사실이니까요.

　그래도 이렇게 2부를 끝내고 드는 생각은 끝까지 밀어붙이

길 잘했다는 것입니다.

한 번도 해본 적이 없는 일을 하는 동안 고심에 고심을 거듭했던 이야기의 종결 앞에서 제 자신이 조금 더 나아진 것을 느낄 수 있었기 때문이지요.

당연히 모든 건 태극검해 시리즈를 계속 구독하고 읽어주신 독자 여러분들의 덕분입니다. 여러분들의 성원이 없었다면 결코 끝까지 올 수 없었을 테니까요.

정말 감사합니다! 감사했습니다!

이제 저는 태극검해와 진자운을 과거로 떠내려보내고 다시 미래를 향해 걸어가려 합니다. 앞으로도 계속 제가 걸어가는 길을 지켜봐 주시면 더욱 감사하겠습니다.

2007년 12월의 어느 날. 부천의 창작공간에서 한성수 배상.

,Book Publishing CHUNGEORAM

무한 상상 · 공상 세계, 청어람 신무협 & 판타지

이인세가

김석진 新 무협 판타지 소설
FANTASTIC ORIENTAL HEROES

최고 장수 인기작 『삼류무사』의 완결 후 1년. 마침내 드러나는 새로운 대작!
기연을 찾아 떠난 주인공이 마주치는 다채로운 여정 속에 깊이 빠져든다!

『삼류무사(三流武士)』의 묵직한 명성은 잊어라!
빠르게 이어지는 『이인세가(二人世家)』의 화려한 시대가 도래하리니!!

"건강 도인술로 내공을 돌리고 육합권법보다 못한 주먹질로 강호의 안녕을 지키려 나서는 천하제일가의
무상(武相)이라?"
가문의 비기, 황하육권은 약을 팔 때나 쓰는 편이 나을 듯했다. 그래서 필요했다.
극강하면서도 획기적이며 단시간에 가능한 무엇!

그것은 기연(奇緣)!! "기연에 임자가 어디 있어? 먼저 가서 얻으면 땡이지!"

유행이 아닌 자유추구 -
WWW.chungeoram.com

Book Publishing CHUNGEORAM

이것은 바람처럼 질주하였던
한 사내의 이야기이다!

철혈의 무인은 아니었지만 호쾌함이 무엇인지를 아는 사내였고,
모든 이들이 그를 떠올릴 때면 미소를 머금었다.
이제 그의 이야기를 시작한다.

Book Publishing CHUNGEORAM

Book Publishing CHUNGEORAM

"넌, 네가 살아 있다는 사실을
증명할 수 있나?"

살아 있다는 사실, 그곳에 존재
하고 있다는 증명.

게임이 필요했다.
게임에 목숨을 걸어야 하는 프로게이
머. 오직 게임을 하고 있을 때, 그는 그
렇게 외칠 수 있었다.
"나는 살아 있다."

끝나지 않는
일곱 겨울의 세계.

이제 그 첫 번째 조각이 작은
영원을 향해 다가선다.

유행이 아닌 자유추구 -
WWW. chungeoram.com

Book Publishing CHUNGEORAM

fly me to the moon
플라이 미 투 더 문

새로운 느낌의 로맨스가 다가온다!

판타지의 대가 이수영 작가의 신작!
드디어 판매 카운트다운!

플라이 미 투 더 문 | 이수영 지음

판타지의 대가, 이수영. 그녀가 선보이는 첫 번째 사랑이야기.
사랑, 질투, 음모, 욕망……
상상한 것 이상의 절애(切愛), 그 잔혹한 사랑이 시작된다.

온전히, 그의 손에 떨어진 꽃. 잡았다.
짐승의 왕은 즐거웠다.

인간, 그리고 인간이 아닌 자.
절대로 이어질 수 없는 두 운명이 만났다!
사랑 혹은 숙명.
너일 수밖에 없는 愛.

1998년 〈귀환병 이야기〉
2000년 〈암흑 제국의 패리어드〉
2002년 〈쿠베린〉
2005년 〈사나운 새벽〉

그리고 2007년,
『FLY ME TO THE MOON』

유행이 아닌 자유추구 -
WWW.chungeoram.com

BOOK Publishing CHUNGEORAM

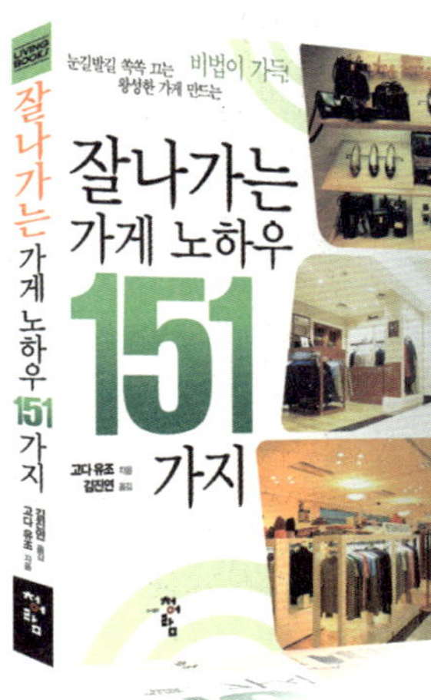

눈길발길 쏙쏙 끄는 **비법이 가득!**
왕성한 가게 만드는

잘나가는 가게 노하우 151 가지

고다 유조 지음
김진연 옮김
가격 9,800원

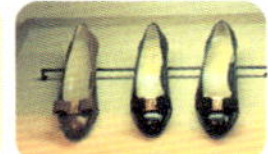

물건이 팔리지 않는 시대!
왕성한 가게 만드는 비법이 가득!

가게 안에 웅덩이를 만들어라
조명만 조금 바꿔도 매출이 팍 늘어난다
보기 쉽고, 집기 쉬운 가게 배치는 '경기장 형'이 최고 등등
가게에 실제로 적용했을 때 매출이 오른 노하우만 알차게 수록
외관, 입구, 배치, 내장, 조명, 디스플레이에서 사원교육까지

도움이 되는 '발견'이 가득가득.
당신 가게를 회생시키기 위한 소중한 책!

BOOK Publishing CHUNGEORAM